会讲故事的
魔法椅子

[爱尔兰] 弗朗西斯·布朗 /著
Frances Browne

唐小茹/译 朱丽思/绘

图书在版编目（CIP）数据

会讲故事的魔法椅子/（爱尔兰）布朗著；唐小茹译.—北京：知识产权出版社，2015.10
ISBN 978-7-5130-3157-8

Ⅰ.①会…　Ⅱ.①布…　②唐…　Ⅲ.①童话—爱尔兰—近代　Ⅳ.①I562.88

中国版本图书馆CIP数据核字（2014）第269755号

责任编辑：俞　楠　　　　　责任校对：董志英
执行编辑：王金之　　　　　责任出版：刘译文

会讲故事的魔法椅子

［爱尔兰］弗朗西斯·布朗　著
唐小茹　译　朱丽思　绘

出版发行	知识产权出版社 有限责任公司	网　　址	http://www.ipph.cn
社　　址	北京市海淀区马甸南村1号（邮编：100088）	天猫旗舰店	http://zscqcbs.tmall.com
责编电话	010-82000860转8176	责编邮箱	qiziyi2004@qq.com
发行电话	010-82000860转8101/8102	发行传真	010-82000893/82005070/82000270
印　　刷	三河市国英印务有限公司	经　　销	各大网上书店、新华书店及相关专业书店
开　　本	787mm×1092mm　1/16	印　　张	11.25
版　　次	2015年10月第1版	印　　次	2015年10月第1次印刷
字　　数	85千字	定　　价	28.00元
ISBN 978-7-5130-3157-8			

出版权专有　侵权必究
如有印装质量问题，本社负责调换。

序

彼得·帕特森

　　《会讲故事的魔法椅子》是一本十分珍贵难得的好书，世界各地一代又一代华德福学校的孩子们都非常喜爱这本书。我在英国和新西兰历年教过的许多孩子后来告诉我，这些感人的故事深深镌刻在了他们童年的记忆里，难以忘怀，故事中的人物永存在心中，甚至在他们长大成人后日久年深的岁月中，还在继续滋养他们的心灵。

　　本书的作者是一位穷苦的乡村邮递员的女儿。1861年，弗朗西斯·布朗出生于爱尔兰的一个小山村，一岁半时就因病失明了。可她笔下的故事却如此多彩生动，很难相信她是在暗无天日的生活中想象出这些充满光与爱的故事。

　　书中的故事比小学一年级学生通常阅读的故事长一些。在华德福学校，二年级、八岁的学生能够更好地欣赏本书，因为故事能唤醒孩子心中对善与恶、正义与不公以及对人性价值的判断，由此帮助这一年龄孩子的自然发展。

我谨代表那些现在终于能够享受《会讲故事的魔法椅子》阅读乐趣的孩子们，热烈欢迎此书中文版本的发行。深深感激为此书出版而付出努力的每一位朋友！

2015 年 5 月

彼得·帕特森（Peter Patterson），英国资深华德福教育专家，五十多年华德福教师经验，任多轮 1~8 年级主课老师，目前仍以八十多岁高龄工作在华德福教育第一线。多年华德福教师培训导师，曾担任新西兰 Taruna 学院、澳大利亚和亚洲多国教师培训顾问。

会讲故事的
魔法椅子

目 录

第一章	会讲故事的魔法椅子	*001*
第二章	圣诞节的布谷鸟	*015*
第三章	白堡城主和灰堡城主	*047*
第四章	贪婪的牧羊人	*071*
第五章	妖脚王子	*085*
第六章	仁爱小姐	*105*
第七章	渔夫言庆和文礼	*121*
第八章	乐知和小提琴	*145*
第九章	智慧王子归来	*167*

第一章

会讲故事的魔法椅子

会讲故事的
魔法椅子

很久很久以前,当世界上还有精灵的时候,生活着一位小姑娘,她美丽非凡、举止文雅,大家都叫她"雪花"。雪花不仅外表美,心灵也美。从未有人见她皱过眉头,或者听她说过一句难听的话。无论男女老少,每个人见到她,都很开心。

雪花在这世上没有其他亲人,只有一位奶奶,年事已高,被称为容霜夫人。人们喜欢雪花,却并不怎么喜欢她奶奶,因为这位老夫人暴躁易怒,难以相处,但她对雪花一直很和善。她们在一起生活,住在一间小小的屋子里,墙是泥炭修砌的,屋顶是茅草搭建的。小屋位于大森林边上,屋后,高大的树木挡住了北风的侵袭,屋前,正午的太阳暖暖地照着,让人心情愉悦,屋檐下有燕子筑巢,门外长着繁茂的雏菊。然而,整个国家也找不到比她们更穷的人家了。一只猫和两只母鸡是她们仅有的家畜,她们睡在干草上面,屋里唯一完好的家具,是一把宽大的扶手椅,下面装着四个轮子,上面铺着一张黑丝绒坐垫,深色橡木椅背上还

第一章
会讲故事的魔法椅子

会讲故事的魔法椅子

刻有千奇百怪的花朵和小动物。

老夫人就坐在这张椅子上纺纱,从早到晚一刻不停,以此来养活自己和孙女。雪花负责捡柴烧火、照看母鸡和猫以及奶奶盼咐的其他事情。容霜夫人纺出的纱线是整个郡县最精美的,可是,她纺得非常慢。她的纺车和她一样,年事已高,却比她磨损得还要厉害。实际上,纺车没有散架已经是个奇迹。所以,老夫人收入十分微薄,她们的生活很贫困。但是,雪花知足常乐,并没有对华服美食的渴望。每天晚上,雪花把捡来的树枝堆在壁炉里,当火苗熊熊燃烧噼啪作响时,容霜夫人放下纺车,开始给雪花讲故事,每天的故事都不一样。小姑娘常常在想,奶奶是从哪儿知道这么多故事的。很快,她知道了答案。一个阳光明媚的早上,当燕子飞来时,老夫人起床了,她戴上灰头巾,穿上灰斗篷,和她平时去集市卖纱线时穿得一样。她对雪花说:"孩子,我要去很远的地方看望我的一位阿姨,她住在遥远的北方。可我不能带你去,因为那位阿姨脾气很坏,而且她向来不喜欢小孩。你也不用担心,我走后母鸡会为你下蛋,桶里还有大麦粉。你一直是个好姑娘,所以我要告诉你一个秘密:当你感到孤单时,把头轻轻

第一章
会讲故事的魔法椅子

靠在扶手椅的坐垫上，对它说：'奶奶的椅子，请给我讲一个故事。'你就能听到精彩的故事。这把椅子是一位手艺精巧的精灵做的，当我年轻的时候她就住在这个森林里。她把这把椅子给了我，因为她知道没人会比我保管得更好。记住，每天只能请椅子讲一个故事。如果想去旅行，你只要坐在里面，对它说：'奶奶的椅子，请带我去吧。'它就会带你到任何你想去的地方。记住，出发前要给轮子上点油，因为椅子在那个角落里已经放了四十年了。"

说完，容霜夫人就出门了，去北方看望她的阿姨。雪花和往常一样捡柴火、照看猫和母鸡，还用大麦粉烤了一块蛋糕。但是，夜幕降临后，小屋里看起来很冷清。雪花想起了奶奶的话，她轻轻地低下头，说道："奶奶的椅子，请给我讲一个故事吧。"

话音刚落，从丝绒坐垫下面传出一个清晰的声音，开始讲述一个精彩绝伦的故事。雪花听得心醉神迷，甚至忘记了害怕。从此以后，这个善良的姑娘不再感到孤单。每天早晨，她烤好一块大麦蛋糕；每天晚上，椅子给她讲一个新故事。然而，她一直没有找出那个声音是谁的。为了表达她的感激，雪花把橡木靠背擦得锃亮，为丝绒坐垫除尘去灰，把椅子打理如新。更多燕子飞来

会讲故事的
魔法椅子

在屋檐下筑巢，门口的雏菊也长得比以往更加茂盛。然而，一连串的不幸还是降临在雪花身上。尽管她精心照顾着母鸡，可她却忘了把母鸡的翅膀剪短，于是，某天早上，它们全飞走了，去拜访住在森林深处的朋友野鸡，猫咪也追随母鸡找它的亲戚去了，大麦粉快吃光，只剩几把了。雪花常常睁大双眼，盼着能看到奶奶的灰斗篷，可是容霜夫人一直没有出现。

"奶奶在那儿待得太久了，"雪花自言自语道，"过不了多久，我就没有东西吃了。如果我能找到奶奶，也许她能告诉我该怎么办，我也正好趁此机会出门看看。"

第二天日出时，雪花给扶手椅的轮子上了油，用仅剩的面粉做了个蛋糕，放在裙兜里，作为旅途中的食物。然后，她坐在椅子上，说："奶奶的椅子，请带我去奶奶那里。"

刚说完，椅子嘎吱作响，离开小屋，进入森林，选的正是容霜夫人所走的那条路。它前进的速度都赶得上六匹马拉的四轮马车了。这种旅行方式让雪花惊叹不已。一整天椅子没有停下来休息过，直到太阳落山，他们来到一片开阔的地方。那儿，有一百个男人正在用斧头砍大树，另一百人把砍下来的树木劈成柴火，

第一章
会讲故事的魔法椅子

还有二十位车夫驾着马车运送木材。雪花有些累了，她也想知道这到底是怎么回事，于是她说："噢！奶奶的椅子，请停下！"椅子立刻停下不动。雪花见到一位看起来有教养的年长樵夫，就走上前去，问道："前辈，能告诉我您为什么要砍树吗？"

"多么无知的乡下姑娘！"樵夫答道，"你难道没有听说，我们的得富国王将为他唯一的女儿念贝公主举办盛大的生日宴会吗？庆典要举办七天，每个人都会参加宴会，这些木头就是用来烤牛、羊、鹅和火鸡的。对于这片土地上的牲畜来说，这场盛宴就是它们的末日。"

雪花听到这个消息，非常希望能去看一看，如果可能的话，她也想参加这场盛宴——因为在之前那么长的日子里她都只吃了点大麦蛋糕。于是，她坐上椅子，说："奶奶的椅子，快快带我去得富国王的宫殿。"

话音一落，椅子就出发了，穿过树丛，冲出森林，这让樵夫们惊愕万分，他们以前从没有见过这样的场景。于是，他们扔下斧头，抛下马车，跟着雪花到了城门。眼前的这座城市巍峨宏伟，铜墙高塔环护，矗立在广袤的平原中间，四周遍布麦田、果园和

会讲故事的魔法椅子

村庄。

那是这片土地上最富饶的城市,四面八方的商旅汇聚在此做买卖。据说,只要在这座城市住上七年,就能赚得盆满钵满。当雪花的椅子沿着街道嘎吱前行时,雪花发现,虽然这里的人们很富有,但是,在富丽堂皇的商店、华丽的住宅、精美的马车中,到处都是不满足的、贪婪的脸孔。的确,这里的居民在品德方面名声不佳。但是,得富国王年轻的时候,情况并非如此。那时,得富国王和他的兄弟智慧王子共同治理着这片土地。智慧王子才智超群,他通晓治国之道,深谙人类的本性,了解星座的力量。非但如此,他还是一位伟大的魔术师,据说他永远不会死亡,也不会变老。在智慧王子统治的时代,城里的人们既没有不满,也没有疾病——陌生人来此,既不用花钱,也不用接受质询,就会受到热情友好的款待。这里没有任何法律纷争,家家夜不闭户。精灵们常常在五朔节和米迦勒节来到这里,因为他们是智慧王子的朋友。但是,有一位叫侥妒的精灵,缺乏远见卓识却又奸诈狡猾,她仇恨所有比自己聪明的人,特别讨厌智慧王子,因为她从来无法骗到王子。

第一章
会讲故事的魔法椅子

多年来，得富国王的城市一直享受着和平与幸福，直到盛夏的某一天，智慧王子只身前往森林去寻找一种奇特的草药，这一去便无音信。国王带上所有的护卫四处寻找，踏破铁鞋，却再也没有听到有关王子的任何消息。智慧王子走了以后，得富国王孤零零住在高大的宫殿中，形单影只，于是他娶了一位名叫索全的公主，将索全公主带回宫并立为王后。这位公主既不美貌也不和善，人们猜想她一定是靠魔法迷惑了国王，因为她所有的嫁妆只有一个荒岛，岛上还有一个永远也填不满的大坑，并且索全公主天性贪婪，得到的越多她就越贪心。随着时间的流逝，国王和王后有了唯一的女儿，她将继承所有的领地，她的名字叫念贝公主。现在，全城正在为庆祝公主的生日做准备——这并不是因为大家多么在乎这位相貌和脾气都跟母亲惊人相似的公主，而是因为作为得富国王唯一的女儿，四面八方的客人都会参加这场盛会，包括智慧王子走了以后就再也没有来过的那些客人和精灵们。

此时，宫殿里一片喧嚣鼎沸。这座宏伟的建筑高大宽敞，房间众多，如果愿意，一年三百六十五天都可以换着住不同的房间。宫里地板上铺着乌木，天花板全部是银制的，用的都是金质器皿，

会讲故事的魔法椅子

由五百位全副武装的士兵日夜守护以防被盗。当这些士兵看见雪花和她的椅子时，一个接一个地跑去报告国王，因为这在国王的领地上前所未见、闻所未闻，整个宫廷的人蜂拥而出，来看小姑娘和这把会自己移动的椅子。

雪花看到这些贵族们穿着精美的绣花长袍，全身珠光宝气，她不禁为自己的光脚和麻布外衣感到羞愧。但是，最终，她鼓起勇气，回答了所有的问题，告知了她所知道的与这把神奇椅子相关的所有事情。王后和公主对于金银以外的任何东西都毫无兴趣，朝臣们也沾染了这股风气，所以他们听完以后都鄙夷不屑，转身走了。只有国王没走，他想，当他没有兴致的时候，这把椅子也许能取悦他。于是，国王允许雪花留下来，和最下等的厨房里的洗碗工一起吃饭。可怜的小姑娘非常高兴，只要有地方肯收留，她就满足了，虽然没有人欢迎她，甚至仆人们都鄙视她的光脚和麻布衣服，他们把她的椅子放在后门外一处遍布尘土的角落里，告诉她晚上可以睡在那里，吃些厨师做饭时扔掉的边角余料。

到了宴会开始的那天，车水马龙，人们涌入宫殿，按照他们的阶层分别走入不同的房间，每个房间都挤满了人。雪花从来没

第一章
会讲故事的魔法椅子

有见过这样的美味珍馐，有为贵族们准备的葡萄酒，有为普通百姓提供的浓啤酒，还有各式各样的音乐舞蹈、锦衣华服。可是，尽管场面喧哗热闹，却似乎并不愉快，更多的是恶言恶语。

一些宾客认为他们应该在更加气派的房间里得到款待，另一些人为见到比自己衣着更华贵的人而苦恼。仆人们因为没有收到礼物，都心怀不满。不时有偷杯子的人被抓住，还有很多人一直聚集在宫殿门口，要求归还被索全王后抢去的财产和土地。侍卫们不断驱赶着这些人，但是他们很快又回来了，在最高的宴会大厅都能清楚地听到他们的抗议声。所以，毫不奇怪，晚餐后老国王的情绪异常低迷。国王有个最喜欢的侍从，总是站在国王身后，察觉到国王的情绪后，他向国王提起小女孩和她的椅子。

"这个想法不错。"得富国王说，"这么多年我都没有听过故事了，马上把那个女孩和椅子带上来！"

于是，侍从让传令官去第一厨房通知了大厨，大厨传达给厨房女佣，女佣告诉了帮工头，帮工头知会打扫卫生的小厮，小厮叫雪花把脸洗了，把椅子擦干净，去最高的宴会大厅，伟大的得富国王在那里等着听椅子讲故事。

虽然没有人帮助雪花，可她用肥皂和水把自己收拾得尽可能干净，把椅子清理得一尘不染，然后，她坐上椅子，说道："奶奶的椅子，请带我去最高的宴会大厅。"

椅子立刻离开厨房，以一种庄重守礼的方式前行，爬上高高的台阶，进入最高宴会厅。那儿正在款待大贵族们，还有许多精灵和来自遥远国度的名门望族。自从智慧王子离开以后，宫殿里从没出现过这样的盛况，每个人都穿着绫罗绸缎。得富国王坐在象牙宝座上，身着紫色丝绒长袍，上面缀满金花；王后坐在国王身边，穿着用珍珠做扣子的银丝长袍；而念贝公主的服装更加光耀夺目，因为宴会就是为了她而举办的。公主穿了一件镶着钻石扣子的金丝长袍；两位侍女分立两侧，身着白色锦缎，为她拿扇子和手绢；还有两位侍从身着金边制服，站在公主的椅子后面。尽管如此，念贝公主看起来却又丑又凶。她和王后看见一个赤脚的女孩和一张老旧的椅子被允许进入宴会厅时，都非常愤怒。

餐桌上放满了黄金器皿和各种美味佳肴，可没人想到分一点给雪花。雪花恭敬地向国王、王后、公主和贵宾们一一行礼，但几乎没人注意到她。随后，可怜的小女孩坐在地毯上，把头靠在

第一章
会讲故事的魔法椅子

丝绒椅垫上,就像以前在小屋里经常做的那样,雪花说道:"奶奶的椅子,请给我讲一个故事吧。"

坐垫下面传来一个清楚的声音:"请听圣诞节的布谷鸟的故事。"此时,每个人都被惊得目瞪口呆,甚至包括愤怒的王后和刻毒的公主。

第二章

圣诞节的布谷鸟

会讲故事的
魔法椅子

很久很久以前，北方荒野中有个小村庄，村里的人都很穷，因为那里的土地十分贫瘠，村民们又几乎没有什么其他的谋生手段。其中，最穷的是两兄弟，叫矮子和瘦子，他们是鞋匠，两人一起开了一个修鞋铺。这个鞋铺就是用泥土和树枝搭建的小棚屋，低矮的小门总是敞开的，因为屋里没有窗户。屋顶也不能完全遮风挡雨，屋里唯一舒服的地方就是一个宽大的壁炉，可兄弟俩从来没有找到过足够的木柴来生火。虽然收入微薄，他们却十分友爱，相处融洽。

村民们穿鞋不讲究，而且，他们觉得也许还能找到比矮子和瘦子更好的鞋匠。甚至有刁钻刻薄的人说，他们修过的鞋子比没修之前更糟糕。尽管如此，矮子和瘦子靠这修鞋的小生意、一块小小的麦田和菜园维持着生计。直到有一天不幸降临：村里来了一个新鞋匠。这位新鞋匠以前住在王国的首都，据他自己说，他为王后和公主们修鞋。他修鞋的锥子很锋利，鞋楦（做鞋的模型）

第二章
圣诞节的布谷鸟

是崭新的，他的鞋铺开在一间带有两个窗户的干净小屋里。村民们很快发现，新鞋匠补的一块补丁比两兄弟补的两块都顶用。于是，矮子和瘦子的生意都跑到新鞋匠那儿去了。日子一天天过去，天气变得越来越潮湿阴冷，两兄弟的大麦收成不好，菜园里的卷心菜也长得不好。那个冬天，他们贫困潦倒，当圣诞节到来的时候，他们的晚宴上只有一块大麦面包、一片发霉的熏肉和一点儿自酿的啤酒。

更糟糕的是，雪下得很大，他们找不到柴火。他们的小屋在村庄的尽头，屋外就是无际的荒野，现在白茫茫一片，寂寥无声。那片荒野以前是森林，现在仍然可以找到老树巨大的树根，经过风雨的侵蚀，土壤松了，有些树根露出地面——其中，有一块粗糙多节的原木正横卧在门外，半截木头露在雪上。于是，瘦子对他兄弟说：

"门外就有块大树根，而我们干坐在这里受冻，就这样过圣诞节吗？我们去把它砍了当柴烧吧，这样能让我们暖和点儿。"

"不行。"矮子说，"在圣诞节砍树是不对的，而且，那块树根太硬了，什么斧子都砍不动。"

会讲故事的魔法椅子

"不管硬不硬,我们必须有堆火。"瘦子说,"来吧,兄弟,帮我砍柴。虽然咱们穷,可村里没人有这样棒的圣诞柴。"

矮子有点儿贪慕虚华,想到可以拥有上等的圣诞柴,他就来劲了。兄弟俩竭尽全力,又推又拉,巨大的老树根终于被顺利地弄进了壁炉,开始噼噼啪啪地烧起来,发出红色的火光。鞋匠们高兴地坐下,喝上啤酒吃起熏肉来。门被关上了,因为外面只有清冷的月光和皑皑白雪。此时,小屋里看起来喜气洋洋,到处铺满了冷杉树枝,还有冬青树枝作装饰,壁炉里红色的火苗熊熊燃烧着,兄弟俩心里很欢喜。

"兄弟,祝咱们长寿、好运!"瘦子说,"干杯,祝今后的圣诞火一年更比一年旺。但是,那是什么?"

瘦子放下喝酒的角杯,两兄弟惊奇地竖耳倾听,他们听到燃烧的树根中发出"布谷!布谷!"的声音,非常清晰,就像五月的清晨从荒野上传来的报春鸟的声音。

"坏事了。"矮子十分惊恐。

"也许不是坏事。"瘦子说。他们看见在树根还没有被火烧到的那头有个深洞,从里面飞出一只巨大的灰色布谷鸟,落在他

第二章
圣诞节的布谷鸟

们面前的桌上。更让人吃惊的是，布谷鸟竟然开口说道：

"先生们好，现在是什么季节？"

"现在是圣诞节。"瘦子答道。

"那祝你们圣诞快乐！"布谷鸟说，"去年夏天的一个晚上，我在那个老树根的洞里睡下，就一直没有醒，直到刚才你们烧柴弄得洞里热乎乎的，让我以为夏天又来了呢。现在，既然你们已经把我住的地方烧了，请让我留在你们的小屋，等待春天的到来吧——我只需要一个可以睡觉的洞就行了。明年夏天我去旅行时，保证会给你们带一些礼物，以补偿给你们造成的麻烦。"

"留下来吧，欢迎你。"瘦子说道，而矮子还坐着在想这是否是件坏事。"我会在茅草屋顶为你做个温暖舒适的窝。你睡了这么长时间一定很饿了吧？这儿有一片大麦面包，来和我们一起庆祝圣诞节吧！"

布谷鸟吃完了那片面包，因为它不喝啤酒，就喝了点棕色水壶里的水，然后飞进了瘦子在屋顶为它做的舒适小窝。

矮子说，他害怕这会带来噩运。然而，布谷鸟睡下以后，日子就这样一天天平静地过去了，他也忘记了自己的忧虑。而后，

第二章
圣诞节的布谷鸟

白雪融化,大雨倾至,寒冷消退,白昼增长,在一个阳光明媚的清晨,兄弟俩被布谷鸟吵醒了,它大叫着告诉他们春天来了。

"现在我要去旅行了。"布谷鸟说,"我要飞遍全世界,告诉人们春天来了。每年季节开始轮转时,我会飞到树木抽芽、鲜花绽放的每一个国家,去告诉他们春天的消息。再给我一片大麦面包吧,让我有力气上路。告诉我,十二个月后,我应该为你们带什么礼物回来。"

瘦子切了一大片面包给布谷鸟,矮子本来会为此而生气,因为他们的面包已经所剩无几了。不过这时候,矮子满脑子想的是要什么礼物最划算。最后,他想到了一个好主意。

"尊敬的布谷鸟先生,"他说,"像您这样伟大的旅行家,走遍了全世界,一定知道哪里可以找到钻石或珍珠。请带一个您的嘴所能衔得住的最大尺寸的钻石或珍珠,这能帮助我俩这样的穷人,以便下次用比大麦面包更好的东西款待您。"

"对于钻石和珍珠,我一无所知。"布谷鸟说,"它们藏在石头里、河沙中。我只知道地面上生长的东西。我知道在世界的尽头有口井,紧挨着井边长着两棵树。一棵树被称为金树,因为

树上长的全是金叶子。每年冬天，金叶子就会掉进井里，发出类似硬币掉落地面的声音。至于这些叶子后来会怎样，我就不知道了。另外一棵树像月桂树一样四季常青，一些人称它为智慧树，一些人称它为欢乐树。它的叶子永远不会掉落，可是人们只要得到这样一片叶子，不管遭遇任何不幸，他们心里都是快乐的，即使住在陋室也能如住在皇宫一样快乐。"

"尊敬的布谷鸟先生，给我带一片智慧树的叶子！"瘦子大叫起来。

"兄弟，不要在这个时候当傻瓜！"矮子说，"想想金箔做的叶子！亲爱的布谷鸟先生，给我带一片金叶子！"

没等他们再说一句，布谷鸟从敞开的门飞了出去，高声啼叫着宣告春天的到来，它的叫声响彻整片荒野和草原。那一年，兄弟俩比以往更贫困，没人送鞋来修，一只也没有。新鞋匠轻蔑地说，两兄弟应该来当他的学徒。矮子和瘦子本想离开村庄，可是又舍不得他们的大麦地、卷心菜园和一个叫丽羽的女佣。两兄弟已经追求这个女佣七年了，可还是不知道她到底更青睐谁。

有时候，丽羽仿佛更喜欢矮子，有时候她又对着瘦子微笑。

第二章
圣诞节的布谷鸟

不过,两兄弟从来没有为此发生过争执。为了维持生计,他们耕种大麦和卷心菜。现在因为修鞋生意没了,他们就去有钱的村民土地上帮工,以此勉强糊口。四季轮转,春去夏至,秋去冬来,一如继往。到了冬末,矮子和瘦子的生活愈加困顿,衣衫愈发褴褛,丽羽也不愿意再搭理他们了,老邻居们都忘了请他们参加婚礼或其他欢庆活动。两兄弟心想,布谷鸟也已经把他们忘掉了吧。直到四月的第一天,天刚破晓,他们听到一声硬喙敲门的声音,还有一个声音大叫道:

"布谷!布谷!我带来了礼物,请让我进来!"

瘦子跑过去打开了门,布谷鸟飞进来了,嘴角一边叼着一片金叶子,比北方任何一棵树上的叶子都大;另一边嘴角叼着一片绿叶,看上去和普通的月桂叶子一样,只是更加青翠。

"这是你们的。"说着,布谷鸟把金叶子给了矮子,绿叶给了瘦子。"我从世界的尽头把它们带回来,这真是段漫长的路程啊!给我一片大麦面包吧,我得赶紧告诉北边的人们春天已经来了。"

矮子没有抱怨给布谷鸟切的那片面包有多厚,虽然那是他们

最后一块面包。他手上从来没有拿过这么大一块金子，他忍不住向他的兄弟耀武扬威。

"看看我的选择多么明智！"他边说边举起那片大金叶。"看看你的，从任何篱笆下都能摘到同样的叶子。我十分怀疑，一只聪明的鸟儿怎么会带着这样一片叶子飞这么远？"

布谷鸟吃完了面包，大叫起来："好心的鞋匠，你的结论也太草率无礼了。这样吧，如果你兄弟这次失望了，那也没关系。我每年的旅程都一样，不管你们想要哪一种树叶，我每年都可以给你们各带一片，以感谢你们的热情款待。这也不是太麻烦的事儿。"

"亲爱的布谷鸟！"矮子大声地说道，"下次给我带一片金叶子！"瘦子看着手里的绿叶，就像注视着一枚皇冠上的宝石，他抬起眼说："一定给我带一片欢乐树上的叶子。"说完，布谷鸟就飞走了。

"今天是愚人节，也应该是你的生日吧？"矮子说。"哪有人随意浪费这样一个发财的机会！当你缺衣少食的时候，你的欢乐叶子能有什么用！"他继续喋喋不休地讲着，可瘦子取笑他，

第二章
圣诞节的布谷鸟

还用奇怪的老谚语提醒他注意金子带来的烦恼。最后，矮子发火了。他宣称，他的兄弟不配和一位体面受尊敬的人一起居住。随后，矮子带着鞋楦、锥子和金叶子离开了棚屋，去把发生的事情告诉村民们。

村民们被瘦子的愚蠢所震惊，为矮子的明智而倾倒，特别是当矮子把金叶子展示给他们看，并告诉他们布谷鸟每个春天都会给他带一片金叶子后，他们更加钦佩矮子。新鞋匠立刻邀请矮子合伙；最体面的人们把鞋子送给他修；丽羽也冲着他优雅地微笑。当年夏天，丽羽就和矮子结婚了，他们举办了一场盛大的婚宴，全村的人在婚礼上尽情歌舞，只有瘦子没有受到邀请，因为新娘不能忍受他的弱智，而且他的兄弟矮子认为他是整个家族的耻辱。

实际上，所有听到这个故事的人都断定瘦子肯定疯了，没人愿意和他来往，除了一个瘸腿的补锅匠、一个乞丐男孩和一个又老又丑被称为巫婆的穷女人。矮子为自己和丽羽修建了一所新房子，就在新鞋匠的房子旁边，和他的房子一样精美。矮子在新房里修鞋，深得顾客满意。他在节日会穿上一件猩红的外套，每个结婚纪念日会吃一只肥鹅。丽羽也有一件深红色的礼服和精致的

会讲故事的魔法椅子

蓝色缎带。但是，两人还不满足，因为要买这些华丽体面的东西，就必须把金叶子打碎，一点一点地用掉。所以，在布谷鸟带来另一片金叶子之前，最后一点碎屑也用掉了。

瘦子住在旧屋里，在卷心菜园里干活（矮子拿走了大麦地，因为他是哥哥）。日子一天天过去，瘦子的外套愈加褴褛，小屋饱经风霜后愈发残破。但是，人们注意到，瘦子从来没有流露出悲伤或失望。更让他们困惑的是，自从和瘦子交往以后，补锅匠对他那头可怜的驴子越来越和善，乞丐男孩不再调皮捣蛋，老婆婆也不再对她的猫和孩子们生气了。

每年的四月一日，布谷鸟飞回来敲门，给矮子带回金叶子，给瘦子带回绿叶。丽羽本想用小麦面包和蜂蜜盛情款待布谷鸟，因为她打算劝服布谷鸟带两片金叶子回来。可是，布谷鸟却飞去瘦子那里吃大麦面包，说它不适合与体面人为伴，它喜欢旧房子，在那儿睡得非常舒服，它会从圣诞节一直睡到春天。

矮子每次都会把金叶子花光，瘦子则把欢乐叶保存下来。不知道这样的生活一直延续了多少年，直到有一天，一位大贵族来到了村子附近，他是村庄的所有者。他的城堡矗立在荒野上，城

第二章
圣诞节的布谷鸟

堡古老而坚固，塔楼高耸，外面环绕着深深的壕沟。从最高的塔楼放眼望去，目所能及的地方都是他的领地。但是，他离开此地已经有二十年了，如果不是因为情绪低落，他这次也不会回来。那他为何意志消沉呢？因为过去是他曾是宫廷中的首相，极受恩宠，直到有人告诉王储，他出言不逊，嘲笑王储走路脚尖外撇，国王又听到逸言说他征收的税不够，因此，这位北部领主被赶出宫廷，放逐到自己的领地。在这儿生活的头几个星期，他的情绪非常糟糕。仆人们说什么也不能取悦他。村民们担心他提高地租，都穿上了最差的衣服。但在秋日的某一天，领主恰巧碰到瘦子在溪边收割水芹，随后，他和这个鞋匠开始交谈起来。

没人知道他们之间说了什么，但是，从那次谈话以后，领主立刻从意志消沉中走出来了，他忘记了丢掉的官职和宫廷里的敌人，忘了国王的征税和王储的脚趾。他带着一队体面的随从外出打猎、钓鱼，在城堡的大厅里尽情欢乐，款待所有的来客，穷人们也受到欢迎。这个奇怪的故事传遍了北方，许多人来到瘦子的小屋——包括失去财富的有钱人、失去朋友的穷人、年华老去的美人、跟不上时代的才子，他们都来找瘦子聊天。不管他们带着

什么样的烦恼而来,都带着欢乐而归。富人们送礼物给瘦子,穷人们给他真诚的感谢。瘦子的外套不再破烂,他有了熏肉来配自己种的卷心菜吃,而村民们开始转变想法,认为瘦子还是有点儿智慧的。

后来,瘦子的名声传到了首都,甚至被宫廷所知。宫廷中有很多烦恼不安的人,包括国王,他最近情绪很糟糕,因为邻国那位有着七个岛屿作嫁妆的公主不愿意嫁给他的长子。于是,国王派了一位御使去见瘦子,给他带去一件天鹅绒披风和一枚钻戒,命令他即刻进宫。

"明天是四月一日。"瘦子说,"日出两小时后,我会和你一起出发。"

御使整晚都住在城堡里。当太阳升起的时候,布谷鸟带着欢乐叶来到了小屋。

当鞋匠告诉布谷鸟他要去宫廷后,布谷鸟说:"宫廷是个好地方,但是我不能去那里,他们会布下陷阱来抓我。请小心保管我给你的叶子。给我一片大麦面包,我们就此告别吧。"

他们才刚见面就要分开,瘦子十分难过。他给了布谷鸟一块

第二章
圣诞节的布谷鸟

又大又厚的面包，要是在从前，这会让矮子心碎的。随后，他把叶子缝在皮马甲的内衬里，就和御使出发去宫廷了。

瘦子的到来造成了极大的轰动。每个人都在好奇，国王能在这个相貌普通的男人身上发现什么东西。国王和瘦子聊了不到半小时，就立刻忘掉了公主和她的七个岛屿，还下令在宴会大厅举办盛宴款待所有的来宾。王室贵族和部长、法官们也来跟瘦子聊天，聊得越多，他们心里就感觉越轻松，这在宫中前所未见。贵族们忘记了心中的怨恨，贵夫人们不再互相妒嫉，王室和大臣们和睦相处，法官们也不再徇私枉法。

至于瘦子，他在王宫中有了自己的房间，在国王的餐桌上也有了席位，有人送他华贵的长袍，有人送他奢华的珠宝。虽然有了这些华服美饰，他依然穿着皮马甲，连宫中的仆人们都觉得这马甲太难看了。一天，在首席侍从的提示下，国王的注意力也被吸引到马甲上去了。于是，国王问瘦子为什么不把马甲送给乞丐？可瘦子回答道：

"伟大的国王陛下，在没有丝绒锦缎之前，我一直穿着这件马甲——我发现它比宫廷制衣穿着更舒适，而且，它让我回忆起

以前我把它当节日礼服的日子，能帮助我保持谦卑。"

国王认为这是一个智慧的回答，下令不准人们再挑皮马甲的毛病。日子就这样一天天过去了，直到下一个四月一日的到来，关于瘦子好运的消息终于传到荒野小镇上矮子的耳朵里。这一次，布谷鸟带来了两片金叶子，因为它不需要为瘦子带任何东西。

"你想想！"丽羽说道，"我们在这个无聊的地方荒废日子，在宫中，瘦子却靠着两三片绿叶子就飞黄腾达了！要是他们见到我们的金叶子，会怎么说？我们赶紧收拾一下，去国王的宫殿吧。我敢打包票，国王会封你为贵族，封我为贵夫人的。当然啦，他还会赐给我们许多漂亮衣服和礼物。"

矮子认为这话很有说服力，于是他们开始整理行囊，但很快发现屋子里几乎没有什么东西适合带去宫廷。丽羽简直不能想象在宫廷里见到她那些木碗、木勺和木盘子。矮子也认为他的鞋楦和锥子最好留在家里。他断定，不带这些东西，就没人会猜到他只是个鞋匠。于是，他们穿上节日礼服，丽羽带上镜子，矮子带上镶了一点点银边的酒杯，每人还带上了一片金叶子，他们把金叶子包好藏严，确保在抵达王宫之前没人会看见。然后，这对夫

第二章
圣诞节的布谷鸟

妻就怀着对未来的憧憬出发了。

不知道矮子和丽羽走了多远，当正午烈日高悬时，他们走进了一片树林，又累又饿。

"早知道去宫廷有这么远的路程，"矮子说，"我就带上橱柜里剩下的最后那块大麦面包了。"

"亲爱的，"丽羽说，"你不应该有这样俗气的想法。在去宫廷的路上怎么能吃大麦面包呢？我们在这棵树下休息一下，看看我们的金叶子是否安全。"他们看着金叶子，谈论着美妙的前程，没有察觉到一个很瘦的老婆婆从大树后面溜出来，她手里拿着一根长棍，身边带着一个大包。

"尊贵的勋爵和夫人，"她说道，"我从你们的声音听出你们身份高贵，虽然我老眼昏花，耳朵也不很灵敏。你们能否屈尊告诉我哪里可以找到一些水？我的包里带了一瓶蜂蜜酒，可这酒对我来说太浓烈了，我想兑点儿水在酒里。"

老婆婆一边说，一边从包里拖出一个大的木瓶。这个瓶子像古时候牧羊人用的那种，瓶口用卷成一团的叶子塞住，把手上还吊着一个小木杯。

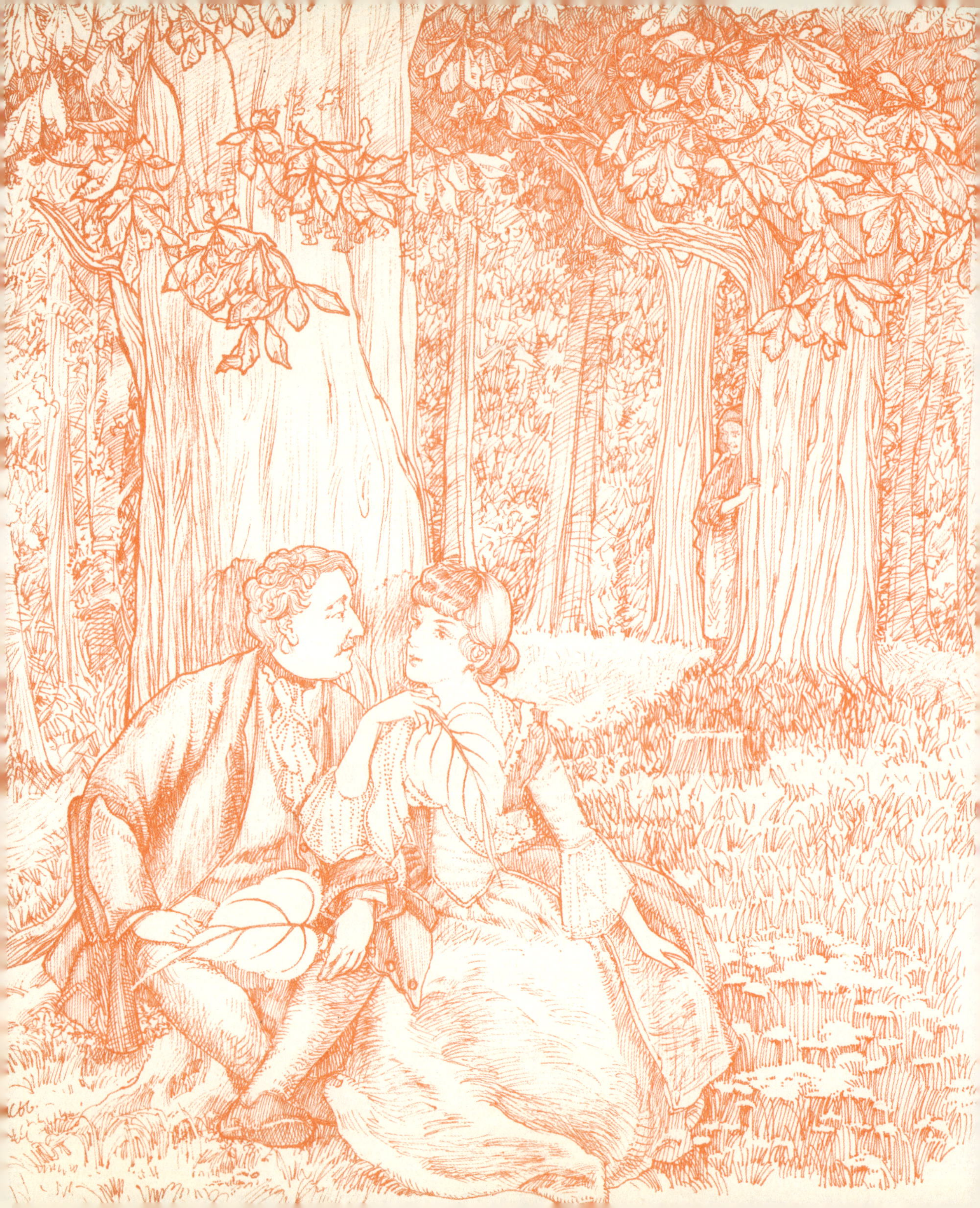

第二章
圣诞节的布谷鸟

"也许你们愿意赏脸尝一尝这味道,"她说,"这是用最好的蜂蜜酿的。如果两位贵人愿意赏脸,我这儿还有奶油干酪和一块小麦面包。"

听了这话,矮子和丽羽优越感十足。现在他们很确信自己身上显露着某些贵族的品质。而且他们已经饥肠辘辘,于是,他们匆忙收起金叶子,向老婆婆保证自己丝毫没有傲慢自得之意,尽管他们在北边有着无数的土地和城堡。他们表示愿意帮助老婆婆一起吃掉一些东西,减轻包的重量。老婆婆一味谦让,不肯坐下来,最后,当包里的食物被吃掉一半之后,她在二人的再三劝说下才坐了下来。矮子和丽羽坚信自己身上一定有着引人注目的显贵之气,这并不完全归功于老婆婆的花言巧语。老婆婆其实是住在森林里的女巫,名叫巧舌,她把所有的时间都花在酿造蜂蜜酒上,熬制这酒的时候,加上一些奇特的药草,再念些符咒,就能让喝酒的人睁眼入睡,白日做梦。她有两个侏儒儿子,一个叫密探,一个叫突袭。不管巧舌去哪里,两个儿子都紧随在后,不论谁喝了巧舌的蜂蜜酒,都会被两个侏儒洗劫一空。

矮子和丽羽坐靠在老树下。鞋匠手里拿着一片奶酪,他的妻

会讲故事的魔法椅子

子紧握着一块面包。他们的眼睛睁着嘴巴张着,可实际上他们已进入了梦乡,在梦里畅享着宫廷的奢华。这时,老婆婆发出了刺耳的尖叫:

"喂,我的儿呀!快来,把猎物带回家。"

话音刚落,两个小矮子迅速从附近的灌木丛中跑出来。

"两个懒小子!"巧舌大叫,"你们今天干了些什么活儿?"

"我去了城里,"密探说,"啥也没看到。对我们来说,现在的日子很难熬——自从那个鞋匠来之后,每个人都心满意足、专心干活。我只找到一件被鞋匠的仆人扔到窗外的皮马甲,它没什么用处,可我带过来让你瞧瞧我并没有偷懒。"他把背上卷成小包带回来的马甲扔在地上,马甲里还藏着欢乐叶子。

那么密探是怎样得到马甲的呢?要解释这个,需要说明的是其实森林离瘦子声望隆盛的那个大城市不远。瘦子在那儿过得万事顺意,直到有一天,国王想到,瘦子这样的知名人士没有仆人伺候是非常不合适的。因此,为了让大家明白他对瘦子的浩荡隆恩,国王指派了自己的一个仆人去服侍瘦子。这个年轻人名叫华趾,虽然他只是国王的第七仆人,但宫廷里没人比他更贪慕奢华。

第二章
圣诞节的布谷鸟

除了金银，没有任何东西能取悦他，他的奶奶甚至担心他会因为被指派为鞋匠的仆人而上吊自杀。对于瘦子来说，如果还有事情能烦扰他，那就是国王的这番好意了。

这个淳朴的鞋匠习惯于自己动手丰衣足食，仆人总让他觉得碍手碍脚，幸好有欢乐叶子来帮助他减轻烦恼。令华趾奶奶十分惊讶的是，华趾的新工作干得很出色。有人说，那是因为瘦子什么也不让他干，他整天都在宫殿绿地上玩保龄球。然而，有一件事情却让华趾忧心如焚，就是他主人的那件皮马甲。他劝说瘦子，要是没有那件马甲，谁也不会记得瘦子曾经是个鞋匠。仆人费尽心思，试图让瘦子明白他那件马甲在宫廷里是多么不合时宜。可瘦子还是用在国王面前那套说辞来答复他。最后，仆人发现无计可施，于是在一个美妙的早晨，他提前起床，把皮马甲从后窗扔到某条小巷中。密探刚好经过那里，发现了皮马甲，把它带回去给他母亲。

"恶心的东西！"老婆婆说，"这东西有什么用！"

这时，突袭已经把矮子和丽羽身上值钱的东西都拿走了——镜子、镶银边的酒杯、矮子的猩红外套、丽羽的灰色斗篷，还有最值钱的金叶子，这让巧舌和她的两个儿子欣喜若狂。最后，他

会讲故事的魔法椅子

们还戏弄鞋匠，把皮马甲扔在他身上，随后就回森林深处的小屋去了。

太阳落山的时候，矮子和丽羽终于从美梦中醒来。他们梦见自己被封为贵族和贵夫人，穿着绫罗绸缎，坐在宫殿大厅中和国王一起用餐。等到他们发现金叶子和其他值钱的东西都不见了，两人伤心欲绝。矮子气得撕扯自己的头发，发誓要取走老婆婆的性命，丽羽则痛哭流涕。后来，矮子感到冷想找件外套穿，于是随手穿上了皮马甲，他并没有问也不关心它到底是从哪儿来的。

刚把马甲的纽扣扣好，矮子就发生了翻天覆地的变化。他愉快地和丽羽交谈，而丽羽也不再痛哭，她笑语盈盈，做起了木头戒指。而后，两人忙着用树枝搭建小屋。矮子用打火石和火镰在屋里燃起了一堆火。这两样东西和旱烟筒都是他瞒着丽羽偷偷带出来的，因为丽羽曾说过，宫里绝不会用这样的破玩意儿。后来，他们在一棵老橡树的根部找到了一个野鸡窝，吃了一餐烤鸡蛋。睡觉的时候，他们采集了一堆长叶绿草睡在上面。夜莺站在他们四周的老树上整夜吟唱。就这样，矮子和丽羽在森林中留了下来。为了抵御冬日的寒冷，他们还把小屋修得越来越宽敞舒适。他们

第二章
圣诞节的布谷鸟

每日以野鸟蛋和浆果为食。从此以后，再也没有想过失去的金叶子和进宫的事。

花开两朵，各表一枝。瘦子起床后发现马甲不见了。当然，华趾说他对此丝毫不知情。宫殿里的每一个地方都找遍了，每个仆人都被问过了，直到后来，整个宫廷都在质疑为什么要为一件旧的皮马甲大费周章。就在马甲丢失的那天，所有的事情又回到了从前的轨道。贵族们又开始了争斗，贵夫人之间相互妒忌，国王抱怨臣民们纳的税不到应缴税款的一半，王后想要更多的珠宝，仆人们继续以往的口角，还找到了一些新的由头争执不休。瘦子也发现自己变得十分无趣，与周围格格不入。贵族们开始质疑，一个鞋匠怎么会和国王一起用餐。国王随即下令，在宫廷编年史中查找此事的先例。鞋匠很明智，他并没有告诉别人丢了马甲意味着什么。这段时间，他也熟悉了宫里的规矩，于是他宣布，任何人只要能提供关于马甲的消息，就可以得到五十个金币的奖赏。

这个消息刚刚传到城里，宫殿的大门和外院就挤满了人，男女老少都有。一些人带来各种款式不同颜色的皮马甲；一些人带来了他们在周围散步时听到或看到的各种故事，里面牵涉诸多大

人物的隐私。于是，贵族和贵夫人们跑到国王面前抱怨瘦子诽谤造谣，而国王听说王宫历史上没有给予鞋匠如此优待的先例后，十分满意，立即颁布法令驱逐鞋匠，永不许其踏入宫廷，并查抄他的所有财产，由华趾接收。

这道圣旨一颁布，华趾就霸占了鞋匠的全部财产，包括豪华的房间、华贵的长袍和以往朝臣们送给他的礼物。此时，鞋匠已经给不起五十个金币了，所以他不得不从后窗逃走。他害怕遇到其他人——贵族们发誓要报复，宫外的人群准备要用石头砸他，因为他欺骗了他们，没有如约支付奖赏。

瘦子顺着一根结实的绳子从窗户爬下去，这扇窗户正是华趾把马甲扔出去的地方。此时天色已晚，当鞋匠向下爬的时候，被一个背着一大捆柴火的穷樵夫看见了。樵夫停了下来，十分诧异地盯着鞋匠看。

"怎么了，朋友？"瘦子说，"你从来没见过有人从后窗爬下来吗？"

"怎么回事？"樵夫说，"昨天早上，我经过这里，一件皮马甲正好从那扇窗户飞出来，我相信那马甲是你的。"

第二章
圣诞节的布谷鸟

"确实是我的，朋友。"鞋匠说，"你能告诉我那件马甲后来哪儿去了吗？"

"我继续往前走的时候，"樵夫说，"来了一个叫密探的矮子，他把马甲包起来，带到他住在森林里的母亲那去了。"

"忠实的朋友。"瘦子边说边脱下他身上最后一件华丽的衣服（一件草绿色镶金边的斗篷），"如果你找到矮子并把我的马甲带回来还给我，这件衣服就送给你了。"

"背着柴把穿这不合适。"樵夫说，"但是，如果你想找回马甲，这条小巷的尽头就是去森林的路。"说完，他就拖着沉重的步伐走了。

瘦子决定要找回他的马甲。他确信在森林里人群和朝臣们都抓不到他，于是他上路了，很快就走入了密林中，但是他既没有看到矮子也没有找到小屋。此时天已经黑了，森林里又黑又乱，幸好还有斑驳的月光洒在小路上，巨大的猫头鹰飞来飞去，夜莺在枝头引吭高歌。于是，瘦子继续往前走，希望找到一个能遮风避雨的地方。最后，灌木丛中透出一簇红红的火苗，带着他来到一间低矮的小屋前。门半开着，仿佛主人无所畏惧。瘦子看见屋

里他的兄弟矮子正躺在草床上大声地打呼噜，脚边放着他的皮马甲；而丽羽穿着灯心草编织成的长裙，正坐在火边烤野鸡蛋。

"晚上好，夫人。"瘦子边说边走了进去。

火苗照在他身上，然而丽羽没有认出他，宫廷生活让她的小叔子判若两人。丽羽的回答远比过去礼貌：

"晚上好，先生。这么晚了，您从哪儿来？请您说话小声一点，因为我的好丈夫劈了一天柴，累得筋疲力尽，正在睡觉，您看，还没吃饭他就睡着了。"

"他是该好好休息一下。"瘦子察觉到自己没有被认出来，"我今天从宫廷中出来打猎，却在森林中迷路了。"

"请坐下和我们一起吃晚餐吧，"丽羽说，"我会多放些鸡蛋在火堆里。给我讲讲宫里的新鲜事儿吧——很久很久以前，我年轻的时候傻乎乎的，还曾想过去宫里。"

"您从来没有去过吗？"鞋匠说，"夫人您这样优雅美丽，一定会让宫里的女士们大惊失色。"

"您过奖了。"丽羽说，"不过我丈夫有个兄弟在宫里，我们也想去宫里碰碰运气，就离开了以前我们住的荒野小镇。后来，

第二章
圣诞节的布谷鸟

到了这个森林的入口,一个老婆婆用甜言蜜语诱骗我们喝下烈酒,让我们陷入了昏睡中,还做了个美梦。可当我们醒来时,身上所有的东西都被抢光了——我的镜子和斗篷,我丈夫的节日礼服。强盗只留下那件旧的皮马甲给我丈夫,从此以后,他一直穿着那件马甲。现在,虽然我们住在这么简陋的小屋里,却感到前所未有的快乐幸福。"

"那的确是件破旧的马甲。"瘦子边说边拿起了马甲,他看出它就是自己那件,因为欢乐叶子还缝在内衬里。"穿着它打猎倒不错,但是我敢说,你丈夫会很高兴用马甲换这件漂亮的斗篷。"说完,瘦子脱下了绿斗篷,穿上了马甲。丽羽十分高兴,她跑过去使劲摇晃矮子,大叫道:

"亲爱的!亲爱的!起来看看我做了笔多划算的买卖。"

矮子打完最后一个呼噜,咕哝着树根太硬之类的话。然后他揉揉眼睛,瞪着他的兄弟,说道:

"瘦子,真的是你?你觉得宫里怎么样,你发财了吗?"

"我发财了,兄弟。"瘦子说,"拿回我最棒的皮马甲我就发财了。来,我们吃点儿鸡蛋,今晚就在这儿休息。明天早上,

041

一起回我们自己的老屋吧，那荒野小村边上的老屋，圣诞布谷鸟就要来那儿给我们送叶子了。"

矮子和丽羽同意了。于是，第二天早上，他们都回去了。回去后发现，虽然经历了长时间的风吹日晒，老屋破得还不算太厉害。邻居们都围过来问他们宫里的消息，看看他们是否发财了。让大家惊讶的是，三个人比以前更穷，但不知何故，他们对于回到小屋却很欢喜。瘦子拿出藏在角落里的鞋楦和锥子，两兄弟重新开始他们的旧营生。后来，北部的人们渐渐发现，像他们这样出色的鞋匠绝无仅有。

他们不仅为贵族和贵夫人们修鞋，也为普通人修鞋。每个人都很满意。他们的顾客与日俱增，所有失望的、不满的、不幸的人们都到小屋来修鞋，和瘦子去宫廷之前的日子一样。

有钱人给他们带来礼物，穷人为他们做力所能及的事。小屋也在不知不觉中悄然发生了变化，开满鲜花的忍冬盖满屋顶，红色和白色的玫瑰在门口开得花团锦簇。另外，那只布谷鸟总是在每年的四月一日来访，带着三片从欢乐树上摘下的叶子——因为

第二章
圣诞节的布谷鸟

会讲故事的魔法椅子

矮子和丽羽不再要金叶子了。这些，就是从北边传来关于他们的最新消息。

"母后，那个小屋要是我避暑的地方多好！"念贝公主说。

"我们必须把屋子整个儿搬到这里。"索全王后回应道。但是，椅子沉默不语。宾客中站起来一位女士和两位高贵的乡绅，穿着褐色的缎子衣服和黄色的中筒靴，他们好像以前从未在宫廷中出现过。他们站起来说：

"那是我们的故事！"

"我从来没有听过这样的故事。"得富国王说，"自从我的兄弟智慧离开我，在森林中消失以后，就再也没有听过了。红脚跟，我的第七侍从，去给这个小姑娘拿一双带金扣的红鞋子。"

第七侍从马上从王宫仓库里拿来一双猩红缎面鞋，上面镶有黄金做的鞋扣。雪花从来没有见过这样漂亮的鞋子，她高兴地感谢了国王，屈膝行礼后，坐上椅子，说："奶奶的椅子，请带我去下等厨房吧。"椅子立刻沿着原来的路走了，和来的时候一样，这让大家惊叹不已。

那晚，小女孩被准许在厨房火炉边的干草上睡一晚。第二天，

第二章
圣诞节的布谷鸟

他们给了小女孩一点啤酒和残羹剩饭。宫里，盛大的宴席在歌舞升平中继续进行着；宫外，人们还在继续吵闹抗议。到了晚上，国王再一次陷入低落的情绪中，他希望再听一个故事，于是圣旨经由帮工头传给雪花，让她和椅子去最高宴会厅。

雪花把脸洗干净，把椅子清洁好以后，和以前一样坐在椅子上出发了，唯一不同的是她穿上了红鞋子。索全王后和念贝公主看起来比往常更加恶毒，但一些宾客注意到了雪花的恭谦礼貌，他们露出亲切和蔼的神色，当听到雪花低下头说"奶奶的椅子，请给我讲个故事"时，他们看起来十分高兴。

椅垫下传来清晰的声音："请听白堡城主和灰堡城主的故事。"

第三章

白堡城主和灰堡城主

很久很久以前，东方生活着两位高贵的勋爵。他们的领地位于一条宽广的河流和一片老橡树森林之间，这片土地幅员辽阔，没有人知道它具体方圆几何。两位勋爵在各自的领地正中有一座宏伟的城堡，一座是用白砂石建造的，另一座是用灰色的花岗石建造的。所以，他们一位被称为白堡城主，另一位被称为灰堡城主。

在整个东部，没有哪位贵族像他们那样品性高洁、慷慨大方。在他们的治理下，佃户们生活安宁、衣食充裕；每一位异乡人都会在城堡中受到热情的款待。每年秋天，他们会派人带着斧头去森林砍伐大树，劈成柴火送给穷人们。虽然两块领地之间没有篱笆或壕沟来分界，但是两位勋爵从来没有为此而发生过争执。从孩提时代开始，他们就是莫逆之交。他们的夫人很早以前都去世了，但灰堡城主有个年幼的儿子，白堡城主有个年幼的女儿。每当他们到对方的城堡赴宴，他们总会说："等孩子们长大了，

第三章
白堡城主和灰堡城主

就让他们结婚吧，共同继承我们的城堡和领地，永远记住我们俩的友谊。"

就这样，两位城主和他们的孩子、佃户们幸福地生活在一起。直到某个米迦勒节的晚上，当大伙儿在白堡大厅中聚餐时，一位旅行者来到了大门外。和往常一样，他受到了热烈欢迎、盛情款待。这位旅行者去过很多奇怪的地方，见过许多怪异的事情。他像大多数人一样喜欢讲述自己的旅途见闻。晚餐结束后，大家围坐在火炉边喝酒，两位城主也兴致勃勃听他讲故事。聊到最后，好奇心很重的白堡城主问道：

"陌生的朋友，您在旅行中见过最奇特的事情是什么？"

"我见过的最奇妙的事情，"旅行者答道，"就在前面那片森林的尽头。那儿有一间古老的木屋，里面坐着一位老婆婆。她在一架破旧不堪的织布机上把自己的头发织成灰布。当她需要纱线时，就把自己的灰色头发剪下来。她的头发长得特别快，我早上才看到她把头发剪下来，没到中午头发又长到门外去了。老婆婆告诉我，她想要把布卖掉，但是没有哪一位来客买过她的布，因为她要价太高了。而且，通往她那儿的路太遥远，路上又很危

049

险，要穿过野猪狼群出没的原始森林，要不然，像您这样有钱的贵族也许会买些她的布来做斗篷。"

听完这个故事，大家都觉得不可思议。旅行者走后，白堡城主食不甘味，夜不能寐，一心想去见见故事中用自己头发织布的老婆婆。最后，他下定决心要去森林里探险，找寻老婆婆的木屋。他把自己的想法告诉了灰堡城主。灰堡城主是个谨慎小心的人，他回答说，旅行者们讲的故事不一定都是真实的，并竭力劝说白堡城主放弃这样漫长而危险的旅程，因为深入丛林的人们几乎没有活着回来的。然而，好奇的白堡城主不顾一切执意要去。为了两人的友谊，灰堡城主承诺，他会一直伴其左右。他们商量好悄悄地出发，以免被其他贵族嘲笑。白堡城主有一个管家跟随他多年，叫算罗宾。他对管家说：

"我要和朋友出一趟远门。在我回来之前，你要小心照看我的财物，和佃户们公平交易，最重要的是，善待我的小女儿慕叶。"

管家回答道："放心吧，我的主人，我会的。"

灰堡城主也有一个管家跟随他多年，叫防威尔。他对管家说：

"我要和朋友出一趟远门。在我回来之前，你要小心照看我

第三章
白堡城主和灰堡城主

的财物，和佃户们公平交易，最重要的是，善待我的小儿子木旅。"

管家回答道："放心吧，我的主人，我会的。"

于是，在晨光照进橡树森林前，两位城主吻别了还在熟睡的孩子们，带着手杖和斗篷出发了。他们走后，孩子们和佃户都很想念他们。除了两个管家，没人知道他们的去向。七个月过去了，他们还没有回来。两位领主原本以为他们的管家忠诚可靠，因为在领主们的眼皮下他们做得非常好。但实际上，两个管家骄傲自大、狡猾奸诈，他们认为主人们也许已经遇害了，便开始鸠占鹊巢，取而代之。

算罗宾有个儿子叫不听话，防威尔有个女儿叫光花钱。整个国家中都找不到比他们更任性、更暴躁的孩子，但他们的父亲决心要把他们变成贵族少爷和贵族小姐。于是，两个管家夺走了木旅和慕叶以前穿的绸缎衣服，来装扮自己的孩子，却给真正的贵族少爷和千金穿粗呢粗布。花园中的鲜花和象牙玩具也被抢去给了不听话和光花钱。最后，管家的孩子们坐上主桌吃饭，在最好的房间睡觉，而木旅和慕叶却被赶去养猪，在仓库的稻草上睡觉。

这两个可怜的孩子孤苦无依。每天早晨，太阳刚刚升起，他

051

们就要出门干活——每人拿上一块大麦面包和一瓶酸牛奶，这就是他们的一日三餐——去看管野生牧场上的一大群猪。这片牧场紧挨着森林，没有围栏，草皮稀疏，猪经常跑进森林去寻找橡树果。两个孩子知道，如果猪走丢了，恶毒的管家会惩罚他们，所以他们必须一刻不停地看管着猪群。到了晚上，他们回到仓库，倒头就在稻草上睡着了。因为白天太疲惫了，他们现在比以前在挂着丝制窗帘的房间里入睡更快。尽管条件恶劣，木旅和慕叶互相帮助、相互安慰，他们相信自己的父亲一定会回来的，或者上帝会给他们送来一些朋友。所以，尽管干着养猪的工作，生活艰辛，他们却看上去和以前一样快乐、美丽。而不听话与光花钱脾气却越来越坏，样子越长越丑，越发配不上他们所穿的精美衣服和其他美好的事物。

  这样的情况显然是奸诈的管家们不乐意见到的，他们认为自己的孩子应该看上去举止优雅，而木旅和慕叶应该看上去就像猪倌。于是，他们把木旅和慕叶赶到更荒芜、离森林更近的牧场去，并给他们两头大黑猪去放养，这两头猪性情暴戾，放养这两头猪比放养其他所有的猪都困难。这两头猪，一头属于不听话，一头

第三章
白堡城主和灰堡城主

属于光花钱。每到晚上，当猪群回栏，管家的两个孩子就会下来喂它们食物。对于他们来说，算算把猪养肥以后能卖多少钱是件快乐有趣的事情。

到了盛夏的一天，天气很闷热，木旅和慕叶坐在一块长满青苔的岩石下歇凉。猪群在他们周围吃草，异乎寻常的安静。两人编着灯心草，聊着天。当太阳落山的时候，木旅发现两头大黑猪不见了。可怜的孩子们猜想黑猪肯定是到森林里去了，于是他们也跑进森林去搜寻。一路上，他们听到画眉在歌唱，野鸽在啼鸣；他们看到小松鼠在林间蹦来跳去，还有高大的梅花鹿从身旁跳过。但是，找了好长时间，都没有见到他们要找的黑猪的踪迹。慕叶和木旅不敢两手空空地回去，他们跑进森林的更深处，边找边大声呼喊，却一无所获。当夜幕降临，森林里光线越来越黯淡，孩子们担心自己已经迷路了。

虽然他们从来不怕森林，也不怕森林里的野猪和狼群，可此时他们精疲力竭，希望找个地方休息，就选了林间一条绿色的小路。他们想，也许这条小路通往某个隐士或护林人居住的地方。慕叶和木旅从来没有走过这样美丽的路：绿草茵茵，青苔茸茸，

053

路两旁还有爬满了野玫瑰和金银花的篱笆,红色的霞光透过高大的树木流淌在小路上。小路带着他们一直走到了一片开阔的山谷,这片山谷以最美丽可爱的鲜花为被,用长满了野草莓的土堤镶边。整个山谷被一棵巨大的橡树遮盖,森林里从来没有见到过这样的树——它的枝条如同成年树木那样粗壮,它的树干比乡村教堂还要宽大,它高耸入云犹如巍峨的城堡。在它硕大无比的根部,还有一些长满了青苔的座椅。两个孩子尽情采摘了足够的野草莓后,疲惫不堪,于是他们坐在座椅上休息。旁边有一个小喷泉,喷泉里冒出的水花如水晶般清澈。巨大的橡树身上盖着厚厚的常春藤,上面有成千上万只鸟儿筑巢。木旅和慕叶坐在那儿,看着小鸟们从四面八方飞回自己的巢穴,最后,他们看到一位女士沿着他们进入山谷的那条小路走来。她穿着一件褐色的长袍;她的黄头发编成了辫子,并用一条深红色的发带扎了起来;她右手还拿着一根冬青树枝。而她着装上最引人注目的是两只衣袖,衣袖的颜色如绿草般青翠。

"你们是谁?"绿袖女士问道,"怎么这么晚了还坐在我的喷泉边上?"于是,孩子们将自己的经历向她一一道来:起初黑

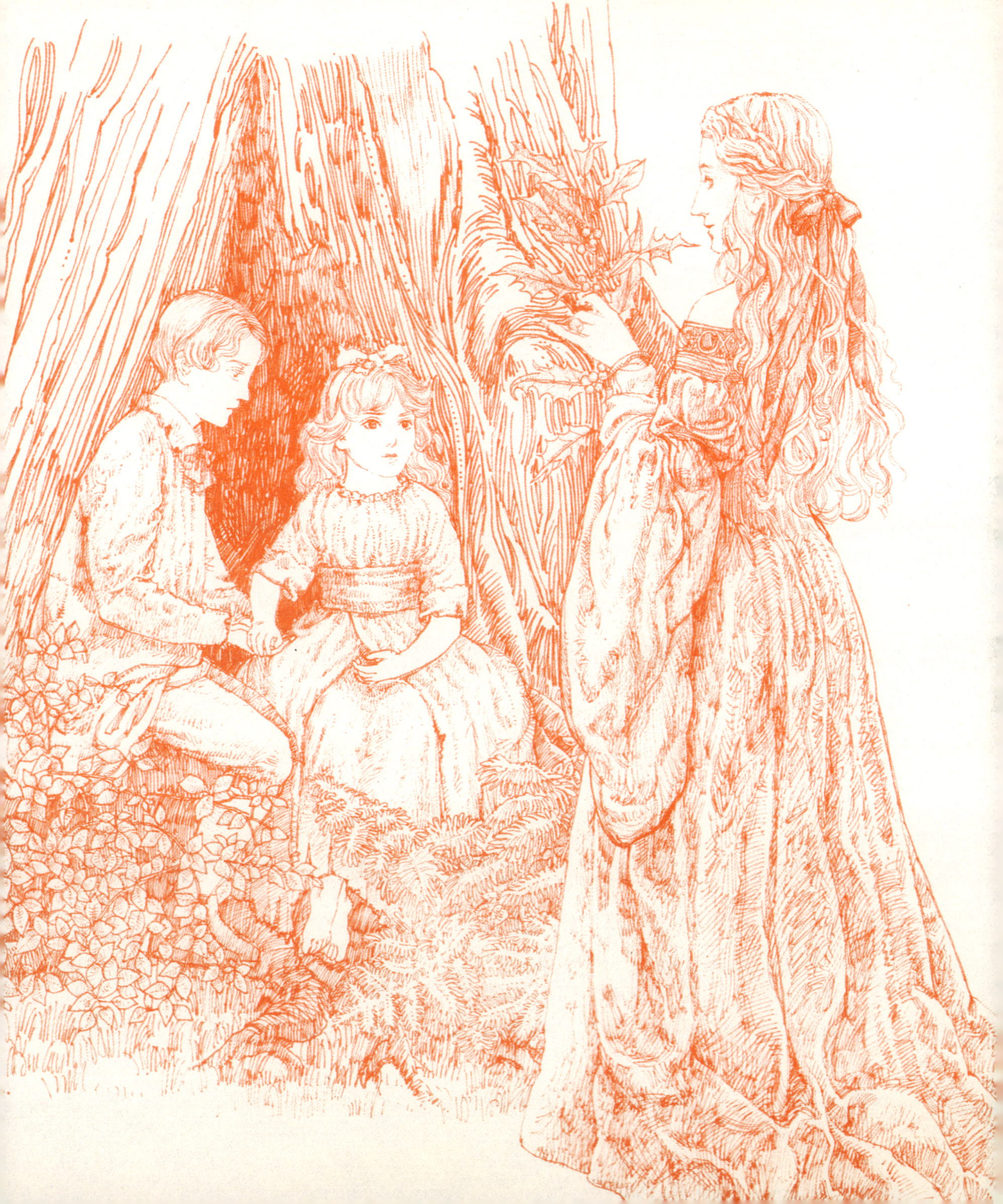

猪是怎么丢的，他们又是怎么找过来的，还有因为害怕恶毒的管家不敢回家的缘由。

"那好吧，"绿袖女士说，"你们是这条路上来过的最美丽的猪倌。你们可以选择回家继续为不听话和光花钱养猪，也可以选择和我一起生活在这自由自在的大森林里。"

"我们愿意留下来和你一起生活。"孩子们答道，"我们不喜欢养猪。而且，我们的父亲到过这片森林，也许某一天他们回来的时候，我们会在这儿碰到他们。"

就在孩子们说话的时候，绿袖女士把冬青树枝放进常春藤中，树枝好像是把钥匙——橡树中间立刻开了一道门，里面有间美丽的屋子。窗户是用水晶做的，但从外面看不到里面。墙壁和地板上长满了厚厚的绿苔，像天鹅绒一样柔软。房间里还有一些低矮的座椅、一张圆桌、一些木质器皿、一个镶嵌着各种奇异石头的壁炉、一个烤炉，还有一个储藏室用以存放过冬所需的物品。孩子们走进房间的时候，绿袖女士说：

"我在这儿住了一百年了，我的名字叫绿袖女士。我没有朋友，也没有仆人，除了一个叫角落的小矮人。每年秋天快要结束

第三章
白堡城主和灰堡城主

的时候，他会来我这儿，带着手推磨盘、背篓和斧头。他用这些工具把坚果磨碎，把浆果收集起来，还把柴火劈好，这样我们就能无忧无虑地过冬。但是，角落喜欢寒冷，害怕阳光，所以当树上最高的枝条开始发芽的时候，他会回到最北边的乡村，这样整个夏天我一个人住在这儿。"

听完这番话，孩子们看出他们很受欢迎。绿袖女士给他们喝鹿奶、吃坚果蛋糕，让他们睡在柔软的绿苔上。孩子们忘记了所有的烦恼，包括恶毒的管家和走失的野猪。每天一大清早，一队母鹿走过来让绿袖女士挤奶，小精灵们带来鲜花，小鸟们衔来浆果，让她看什么花朵盛开了、什么果实成熟了。绿袖教孩子们用鹿奶做奶酪，用野草莓酿果酒。她还带他们去看野蜂酿好后留在树洞里的蜂蜜、森林里最稀有的植物，还有让所有动物驯服的药草。

整个夏天，木旅与慕叶都和绿袖一起住在大橡树中，他们不用辛苦劳作，也没有什么需要操心烦恼的。孩子们本该感到开心幸福，但是他们没有听到任何关于父亲的消息。日子一天天过去，树叶开始变黄，花朵开始凋谢。绿袖女士说角落要来了。在一个

会讲故事的魔法椅子

洒满月光的夜晚，当木旅和慕叶准备睡觉的时候，绿袖女士在壁炉里点起一堆柴火，又把门打开，告诉他们她在等老朋友们带来森林里的消息。

虽然慕叶的好奇心不及她的父亲白堡城主，可她也没睡，想看看究竟会发生些什么事情。当一只棕色的大狗熊走进来的时候，把她吓了一大跳。

"晚上好，女士。"熊说。

"晚上好，熊。"绿袖女士说。"您周围有什么新鲜事儿吗？"

"没什么。"熊说，"就是小动物们越长越机灵——一天之内能捉到的超不过三只。"

"那是个坏消息。"绿袖女士说。很快，又走进来一只大野猫。

"晚上好，女士。"猫说。

"晚上好，猫。"绿袖女士说，"您周围有什么新鲜事儿吗？"

"没什么。"猫说，"就是鸟儿越来越多——花不了多长时间就能捉到它们。"

"那是个好消息。"绿袖女士说。随后，又飞进来一只黑色大乌鸦。

第三章
白堡城主和灰堡城主

"晚上好，女士。"大乌鸦说。

"晚上好，大乌鸦。"绿袖女士说，"您周围有什么新鲜事儿吗？"

"没什么。"大乌鸦说，"就是大约一百年之后，我们会住得非常体面、隐蔽——树木将会长得很茂密。"

"怎么会那样呢？"绿袖女士说。

"噢！"大乌鸦说，"您没听说森林精灵之王对两位贵族下了魔咒吗？当时，那两位贵族正穿越他的领地，说是要去看看一个用自己头发织布的老婆婆。他们每年都为穷人砍伐柴火，让精灵之王的橡树越来越稀疏。因此，精灵之王扮成一名猎人遇到他们，请他们喝橡树酒杯里的酒。因为天气很热，两位贵族就喝了。可刚一喝完，他们就忘了自己的领地和佃户，也忘了城堡和孩子，对世界上所有的事情都不在乎了，只知道种橡子。他们被施了魔咒，就一直待在森林深处，日夜不停地种着橡子。只有在日落之前设法让他们暂停一下，才能解除魔咒。"

"啊！"绿袖女士说，"森林精灵之王是一位伟大仁慈的君主，世界上本来还有比种橡子更糟糕的工作。"

很快，熊、猫和乌鸦就向绿袖女士道别了。她关上门，熄灭灯，和往常一样躺在柔软的青苔上睡下了。

第二天早上，慕叶将所见所闻告诉了木旅，随即，两人跑去找绿袖女士。绿袖正在挤鹿奶。孩子们说：

"夫人，我们听到了昨晚乌鸦说的话，它提到的那两位贵族就是我们的父亲。请您告诉我们怎么样才能解除那个魔咒！"

"我敬畏森林精灵之王。"绿袖女士说，"我一个人住在这儿，除了小矮人角落之外，没有别的朋友。但是，我会告诉你们应该怎么做。你们沿着通往山谷的这条小路走到尽头，把视线转向北边，就能发现一条撒落着黑色羽毛的小路。再沿着那条小路一直走，虽然道路蜿蜒曲折，但它最终会带着你们走到乌鸦栖息的地方。在那儿，你们会找到正在树下种橡子的父亲们。当看到太阳快要落山的时候，将你们所知道最奇妙的事情讲给他们听，好让他们忘记工作。但是，要保证所讲的都是实话。还有，除了流水之外不要喝其他任何东西，否则，就会被精灵之王的魔法所控制。"

孩子们感谢了她的忠告。接着，她为孩子们准备好蛋糕和奶酪，

第三章
白堡城主和灰堡城主

装进一个绿草编织的袋子，孩子们就出发了。没过多久，他们发现了撒落着黑色羽毛的小路。这条路很长，在茂密的树丛里斗折蛇行，孩子们常常走得筋疲力尽，需要坐下休息。当夜幕降临时，他们在一棵老树的树干上发现了一个长满青苔的洞，于是他们在树洞中躺下，整个晚上都睡在那儿——因为木旅和慕叶从不畏惧森林。第二天他们继续赶路，饿了就吃点蛋糕和奶酪，渴了就喝点儿流动的小溪中的水，晚上就睡在树洞中。到了第七天的傍晚，他们终于走到了乌鸦的栖息地。那儿，高大的树木上到处是鸟巢和乌鸦，如黑云压顶；除了此起彼伏的鸦叫声，听不到任何其他的声音；在橡树长得最稀疏的地方，有一片开阔的空地，孩子们看见父亲们正忙着种橡子。两位城主还穿着离开城堡时带的丝绒斗篷，但是森林中的艰苦工作让斗篷变得破烂不堪。他们须发皆长，满手尘土。每人手里拿着一把旧木铲，四周堆满了橡子。孩子们呼唤着他们的名字，跑过去亲吻他们。孩子们齐声说："亲爱的父亲，回到您的城堡，回到您的臣民身边吧！"然而，城主们回答道："我们不知道什么城堡，也不知道什么臣民。在这个世界上，只有橡树和橡子。"

木旅和慕叶跟他们讲以前的事情，可一切都是徒劳——没有

会讲故事的
魔法椅子

什么东西能让他们停下来。两个可怜的孩子无可奈何，只有坐下来哭泣。太阳渐渐落山了，两位城主还在继续工作，孩子们躺在冰冷的草地上睡着了。当他们醒过来的时候，天已经大亮。木旅想要让慕叶振作起来，就说："我们饿了，袋子里还有两块蛋糕，让我们分吃一块吧——谁知道以后会发生什么事情呢？"

然后，他们把蛋糕分好，跑到城主那里，说："亲爱的父亲们，和我们一起吃吧。"可两位城主说："吃喝都是没有意义的事情。让我们种自己的橡子吧。"

慕叶和木旅心里非常难过，可他们还是坐下来，把那块蛋糕吃了。吃完后，两人走到附近的小溪边，用大的橡子壳接清水喝。这时候，一位年轻英俊的猎人穿过橡树林走来。他的斗篷像绿草一样青翠鲜嫩，他的脖子上挂了一个水晶喇叭，手里拿着一个大的橡木酒杯，杯上刻着鲜花和树叶，边上镶着水晶。杯子里装的牛奶都快要溢出来了，上面浮着厚厚的奶油。猎人走近他们，说道："俊美的孩子们，不要喝那混浊的泥水，来和我一起喝牛奶吧。"

可是，木旅和慕叶回答道："谢谢你，好心的猎人。但是，

第三章
白堡城主和灰堡城主

我们许诺过只喝流动的水。"

猎人端着酒杯走得更近了，他说："那水又脏又臭，它可能适合猪倌和樵夫，但绝不是给你们这样美丽高贵的孩子喝的。告诉我，难道你们不是伟大的国王的孩子吗？难道你们不是在宫殿中长大的吗？"

可是，木旅和慕叶回答道："不，我们在城堡中长大，是那边城主的孩子。请告诉我们怎样才能解除他们身上的魔咒！"听了这话，猎人怒气冲冲转过身，把牛奶倒在地上，带着空酒杯离开了。

看到香浓的奶油洒在地上，慕叶和木旅觉得很可惜。但是，他们记得绿袖女士的警告，知道他们没有其他的选择，于是，每人拿起一根枯枝，开始帮城主干活。他们用枯枝的尖端在地上挖洞，把橡子种下去。然而，父亲们丝毫没有注意到他们，也不关注他们说的任何话。当正午太阳炙烤大地时，他们又走到潺潺的小溪边喝水。正在那时，另一位猎人穿过橡树林走来，他比第一位猎人年长，穿着黄色的衣服，脖子上挂了一个银喇叭，手里拿着一个橡木酒杯，杯上刻着树叶和果实，杯边镶银，杯里装的蜂

063

会讲故事的
魔法椅子

蜜酒都快要溢出来了。这个猎人也请他们一起喝,还告诉他们溪水里到处都是青蛙,问他们难道不是为了找乐子才住进森林的年轻王子和公主吗?但是,木旅和慕叶像以前一样回答:"我们许诺过只喝流动的水,我们是那边城主的孩子。请告诉我们怎样才能解除魔咒!"听了这话,猎人也怒气冲冲转过身,把蜂蜜酒倒在地上,离开了。

整个下午,孩子们都在父亲们身边工作,用枯枝种橡子。然而,城主们根本不理睬他们,也不为其言语所动。暮色渐近,孩子们饥肠辘辘。于是,他们把最后一块蛋糕分好,可无论怎样劝说,也不能说服两位城主和他们一起吃蛋糕。虽然他们心里很难过,但还是走到小溪边,吃了蛋糕喝了点水。

太阳渐渐西沉,乌鸦们纷纷飞回大树上的鸟巢中。但有一只乌鸦,看上去又衰老又疲惫,飞落在他们身边,低头去喝溪水。当孩子们吃蛋糕的时候,乌鸦就在附近徘徊,啄食掉落的碎屑。

"哥哥,"慕叶说,"这只乌鸦肯定饿了。我们分一点给它吧,虽然这是我们最后一块蛋糕了。"

木旅同意了,于是每人分了一点儿蛋糕给乌鸦,乌鸦张开大

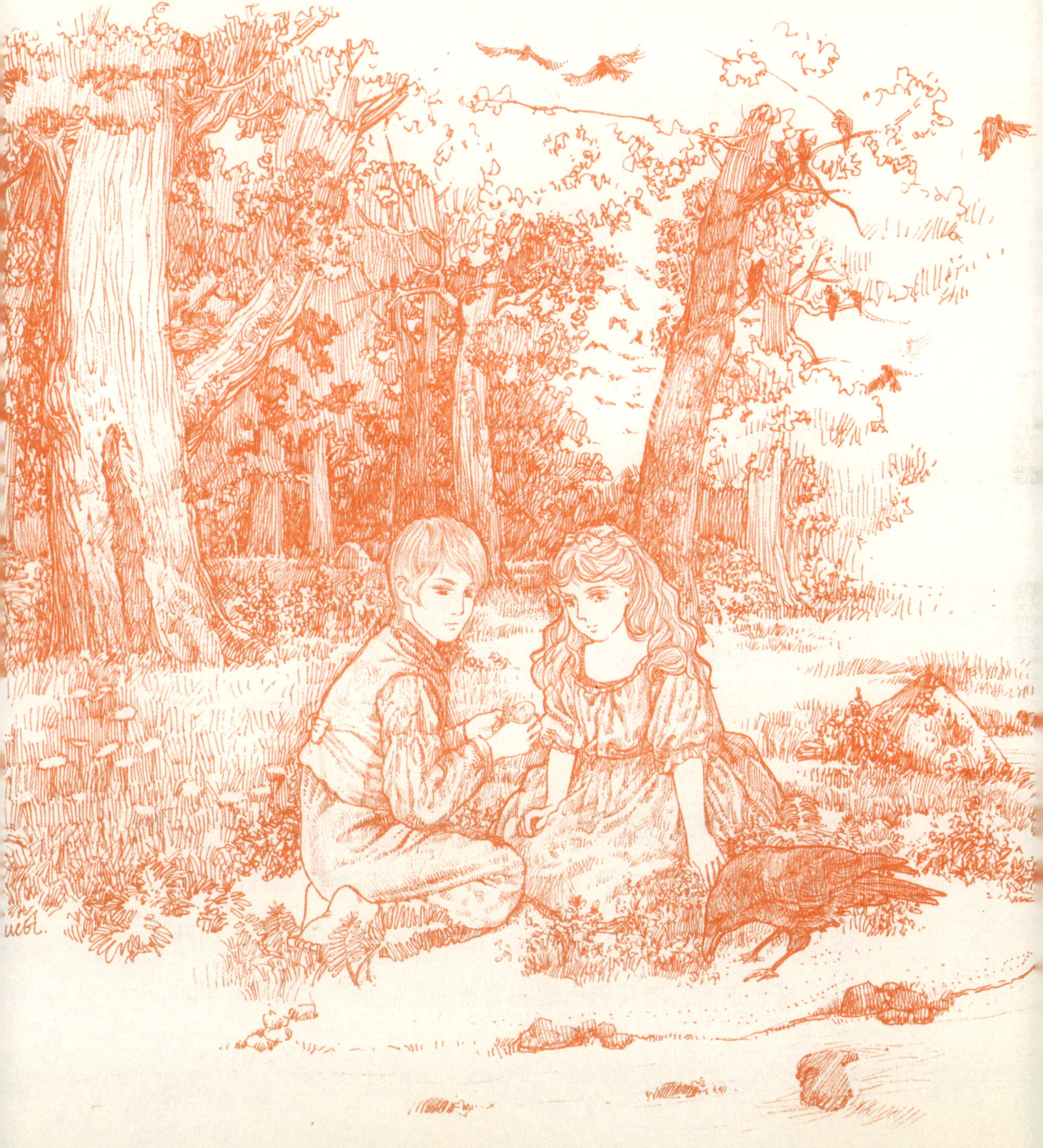

会讲故事的
魔法椅子

嘴一下子就啄来吃掉了，然后，它跳到更近的地方，看看木旅，又看看慕叶。

"可怜的乌鸦还饿着呢。"木旅说，然后他又分了一块给乌鸦。乌鸦狼吞虎咽地吃下这一块后，又跳到慕叶身边。慕叶也分了一块给它。就这样，乌鸦吃掉了整个蛋糕。

"好了，"木旅说，"至少，我们还有水喝。"然而，当他们弯腰喝水时，又一个猎人穿过橡树林走来，他比前一个猎人更年长，穿着深红色的衣服，脖子上挂了一个金喇叭，手里拿着一个大的橡木酒杯，杯上刻着玉米穗和葡萄串，杯边镶金，杯里装的葡萄酒都快要溢出来了。他也说道："不要喝那混浊的泥水，来和我一起喝葡萄酒吧。水里到处都是蛤蟆，那水不是给你们这样美丽高贵的孩子喝的。你们肯定是从精灵王国来的，一定是在女王的宫殿中长大的！"

可是，孩子们回答道："除了这水，我们什么也不喝。那边的城主是我们的父亲。请告诉我们怎样才能解除魔咒！"听了这话，猎人怒气冲冲地转过身去，把葡萄酒倒在草地上，离开了。

猎人走后，老乌鸦抬起头看着他们，说："我把你们最后一

第三章
白堡城主和灰堡城主

块蛋糕吃掉了,所以,我会告诉你们怎样解除魔咒。太阳在那边,快要落到西边的树后面去了。在太阳西沉之前,你们走到城主跟前,告诉他们管家们怎样虐待你们,怎样让你们为不听话与光花钱养猪。当他们听你们说话的时候,赶快拿起他们的木铲藏起来,太阳落山之前都不要还给他们。"

木旅和慕叶对乌鸦表示了衷心感谢。他们顾不得去看乌鸦往哪里飞了,立刻起身去找城主,按照乌鸦所盼咐的,开始向父亲们诉说。起初,两位城主不愿意听他们说话,可当孩子们讲到他们怎样被安排在稻草上睡觉,怎样被赶到野生牧场上去放猪,不听话的大黑猪给他们带来怎样的麻烦,城主们种橡子的速度开始慢下来,最后,他们终于扔下了手中的铲子。木旅赶紧抓起他父亲的铲子,飞快地跑到小溪边把铲子扔进去。慕叶也把她父亲白堡城主的铲子扔掉了。太阳在西边橡树后消失的那一瞬间,两位城主站起来,左看右看,看看森林,看看天空,再看看他们的孩子,就像刚从睡梦中醒来。

这个奇怪的故事就这样结束了:木旅和慕叶开开心心地和他们的父亲一起回家了。他们各自回到自己的城堡,佃户们为他们

067

的归来欢呼雀跃。精美的玩具、丝绸衣服、漂亮的花园还有最好的房间，都从不听话与光花钱那里收回来，还给了城主的孩子们；邪恶的管家和他们暴躁的孩子被送去养猪，住在野生牧场的棚屋里。每个人都说这样的生活更适合他们。白堡城主再也不想去看用自己头发织布的老婆婆，而灰堡城主仍旧是他的朋友。木旅和慕叶从此以后一帆风顺，他们长大后就结了婚，继承了父亲们的两个城堡和广袤领地。他们也没有忘记孤单的绿袖女士，听东部的人们说，每年圣诞节的时候，绿袖女士和她的小矮人角落都会去城堡赴宴；而仲夏时节，木旅和慕叶也总是会去森林里陪伴绿袖女士，一起在大橡树中住上一阵。

"噢！母后，如果我们有那棵橡树就好了！"念贝公主说道。

"那棵橡树长在什么地方？"索全王后问道。但是，椅子沉默不语。宾客中站起来一位高贵的勋爵和夫人，穿着绿色的丝绒衣服，戴着黄金花饰。他们说道：

"那是我们的故事！"

"除了昨天的故事，"得富国王说，"我从来没有听过这样的故事，自从我的兄弟智慧离开我，在森林中消失以后，就再也

第三章
白堡城主和灰堡城主

没有听过了。彩袜带，我的第六侍从，去给这个小姑娘拿一双带金花边的白色丝绸长筒袜。"

听到这话，索全王后和念贝公主看起来比以往更生气。随后，彩袜带拿来一双白丝袜，雪花屈膝行礼后，坐上椅子，又回到了厨房。那天晚上，有人给了雪花一张床垫。第二天，雪花得到了几道别人挑剩下的菜。

盛大的宴席在歌舞生平中继续进行着，宫殿内的忌恨和宫殿外的抗议也没有停歇。晚饭后，国王再一次陷入低落的情绪中，于是从宴会大厅中传出一道圣旨，经由厨房女佣传给雪花，让她准备一下，带着椅子去最高宴会厅，国王希望再听一个故事。

雪花把脸洗干净，把头发梳好以后，穿上红鞋子和金边丝袜，和以前一样坐在椅子上出发了。到了宫殿，雪花向国王、王后、公主和贵宾们行礼后，把头靠在椅垫上，说道："奶奶的椅子，请给我讲个故事吧。"

椅垫下传来清晰的声音："请听贪婪的牧羊人的故事。"

第四章

贪婪的牧羊人

会讲故事的魔法椅子

很久很久以前，南方住着两兄弟，他们在一片大草原上放羊。这片芳草萋萋的平原一边挨着森林，另一边紧邻连绵的群山。平原上寥无人烟，只有这两个牧羊人，他们住在低矮的茅屋中，屋顶上石南丛生。牧羊人仔细看管着羊群，从未丢失过任何一只羊，也从来没有到过群山山脚或森林边缘之外的地方。

没有比这两兄弟更认真仔细的牧羊人了。两兄弟一个叫紧抓，一个叫友善。虽然他们是同胞兄弟，可是性情却截然不同。紧抓对这个世界上的其他事情毫不在意，他只关注如何才能获取、维护自己的利益；而友善会把自己最后一块食物和饿狗分享。在他们的父亲去世后，贪婪的紧抓仗着自己年长，霸占了所有的羊群，什么都没有分给友善，只给友善留了个雇工的位置，让友善帮他照顾羊群。友善珍惜兄弟情谊，不愿意为了羊和哥哥发生争执，于是，他安安心心地帮助哥哥看管羊群。这样，

第四章 贪婪的牧羊人

紧抓将一切掌控在自己手中，他对此非常满意。两兄弟一起住在父亲留下的茅屋里，低矮的小屋孤独地伫立在一棵巨大的无花果树下。有好长一段时间，他们相处和睦。每天，他们带着风笛和牧羊棍，在鲜草丰美的平原上放牧着羊群。直到某一天，紧抓的贪婪给他们带来了新的问题。

在那片平原上，既没有城镇，也没有可供人们交易的市场，不过牧羊兄弟并不需要操心买卖的问题。他们的羊群出产羊毛供他们穿衣；羊奶为他们提供黄油和奶酪；遇到节日，几乎每家每户都会宰杀一两只羊；地里种的小麦可以做面包；森林为他们提供冬天用的柴火；每到仲夏剪羊毛的季节，商人们沿着一条历史悠久的商贸之路从很远的城市来到这里，他们会用商品或钱财和牧羊人进行交换，买走牧羊人所能提供的全部羊毛。

某个仲夏，商人们赞美紧抓的羊毛是整个草原最好的，并且给了他最高的价格。这件事情对于羊群来说是不幸的开始：从此以后，不管羊群能产出多少羊毛，紧抓都认为不够。到了剪羊毛的季节，紧抓把羊毛剪得比别人家都短。不管友善说什么做什么，他都会把可怜的羊身上的毛剃得精光。当羊群刚长出足够的毛覆

体御寒，他就又准备好剪刀了——不论天气多么寒冷，不管冬天马上就要到来。友善不喜欢他这样做，他俩为此发生了多次争执。紧抓总是试图说服友善，羊毛剃得这么短对羊群有好处；而友善总是竭尽全力想让紧抓相信，能剪的羊毛都已经剪光了——这样的争论永无止休。尽管如此，紧抓还是按照自己的意愿卖掉羊毛，把钱存起来了。一个又一个仲夏就这样过去了。后来，其他的牧羊人发现，紧抓因此变成了一个有钱人。要不是因为紧抓的羊群发生了一件奇怪的事情，大家可能都会学他把羊毛剃得很短。

  那年夏天，羊毛长得很好。紧抓已经剪了两轮羊毛了，正在考虑剪第三轮——虽然已经入秋，早晨开始起雾了，晚上天寒地冻，牧羊人都穿上了冬装。就在这时候，羊群开始陆续走失，先是小羊，然后是母羊。两兄弟找遍了所有的地方，也找不到一只丢失的羊。紧抓责骂友善马虎大意，亲自上阵，全力看管羊群。友善知道不是自己的错，可他也比以前看管得更仔细了。但是，羊群仍在不断走失。每天羊群的数量都在减少，两兄弟唯一的发现是羊毛剃得最短的羊最先走失。而且，不管什么时候清点羊群的数量，每次都会发现羊栏里有羊不见了。

第四章
贪婪的牧羊人

友善渐渐对看管羊群感到厌倦，而紧抓对于羊群走失非常烦恼。以前紧抓常在其他牧羊人面前吹嘘自家的羊毛好、赚钱多，现在其他牧羊人看到他的骄傲不再，也并不可怜他，大部分人对友善表示同情。不过，所有人一致认为，两兄弟霉运当头，尽可能远离他们以免被牵连。日子一天一天过去，羊群数量不断减少，暴风雪和严寒都没能阻止羊群走失。当春天到来的时候，紧抓和友善只剩下三只最安静、最孱弱的老母羊。报春花开的某天傍晚，两兄弟在羊栏里看管着剩下的母羊。此时，一直目不转睛盯着母羊的紧抓说道：

"兄弟，它们背上又长出羊毛了。"

"毛太短了，它们都没法御寒。"友善说，"现在有时候还会刮东风呢。"可是，紧抓已经走去小屋拿袋子和剪子了。

看到自己的兄弟如此贪婪，友善非常难过。为了转移注意力，他抬头去看绵绵群山。这对他来说是种安慰，自从羊群开始走失，他每天早晚都会眺望远山。在落日余晖的照射下，远处的山顶正在变为深红色。突然，他看到三只长得像绵羊的动物迅速跳过峡谷，它们的动作像鹿一样敏捷。当友善转回头时，他看见紧抓拿

会讲故事的魔法椅子

着袋子和剪子走过来了,可是,所有的羊都不见了。紧抓首先责问友善,羊群到哪里去了。当友善把所看到的景象告诉紧抓,紧抓气急败坏,拼命责骂他没有用眼睛一直盯着羊群。

"这下可好,群山和落日帮我们大忙了!"他说,"现在我们一只羊都没有了!在这剪羊毛、收割的季节,其他牧羊人也不太可能给我们活儿干。而且,我也不愿意留在这片草原上,不想因为贫困被别人鄙视。如果你愿意跟我走,听我的话,我们可以去其他地方找活儿干。我听父亲说过,很久以前,山那边有一些了不起的牧羊人,我们去那儿看看他们会不会雇用我们做羊倌。"

友善其实更愿意留下来,守着小屋,耕种父亲留下的小麦地。但是,既然他兄弟要走,友善决定陪他一起走。于是,第二天早上,紧抓带上袋子和剪子,友善拿着牧羊棍和风笛,出发了。他们穿越平原,爬上了高山。所有遇见他们的人都认为他们失去了理智,因为一百年来没有牧羊人去过那里,山顶一片荒芜,只有一望无际的荒野,堆满了嶙峋石块,有的石块高耸向上,仿佛直插云霄。友善劝服紧抓沿着羊群走失的方向前行,可是这条路十分崎岖陡峭,爬了两小时后,两兄弟都想往回走了。如果不是因为那是他

第四章
贪婪的牧羊人

们羊群走失的方向，又担心被其他牧羊人嘲笑，他们会高高兴兴回家的。

到了中午，两兄弟来到石块丛生的峡谷，三只老母羊曾像鹿一样敏捷地跳过这里。两人精疲力尽，坐下来休息。他们腿脚酸痛，心情沉重。可是，当他们坐下来的时候，听到山顶传来乐声，好像有一千个牧羊人在山顶演奏。紧抓和友善从来没有听到过这样美妙的音乐。当他们侧耳倾听时，脚不酸了，心情也好起来了。于是，他们站起来，跟着音乐翻越峡谷，穿过一片开满了紫色石南花的莽莽荒野。当太阳落山的时候，他们终于来到了山顶。眼前是一片辽阔无边的牧场，牧场上盛开着繁茂的紫罗兰，成千上万只雪白的绵羊在吃草。羊群中间坐着一位老人，正在吹奏风笛。他穿着一件像冬青叶子一样碧绿的长袍，头发垂到腰间，胡子低垂至膝盖，须发皆如雪花一样洁白。老人的脸上是那种生活安宁、不计得失的人才会拥有的表情。

看到这一切，紧抓十分惊恐，躲在后头。友善说道："善良的老人，请您告诉我们这是什么地方？我们在哪里能找到工作？我和哥哥都是牧羊人，我们可以看管羊群不让它们走失，虽然我

077

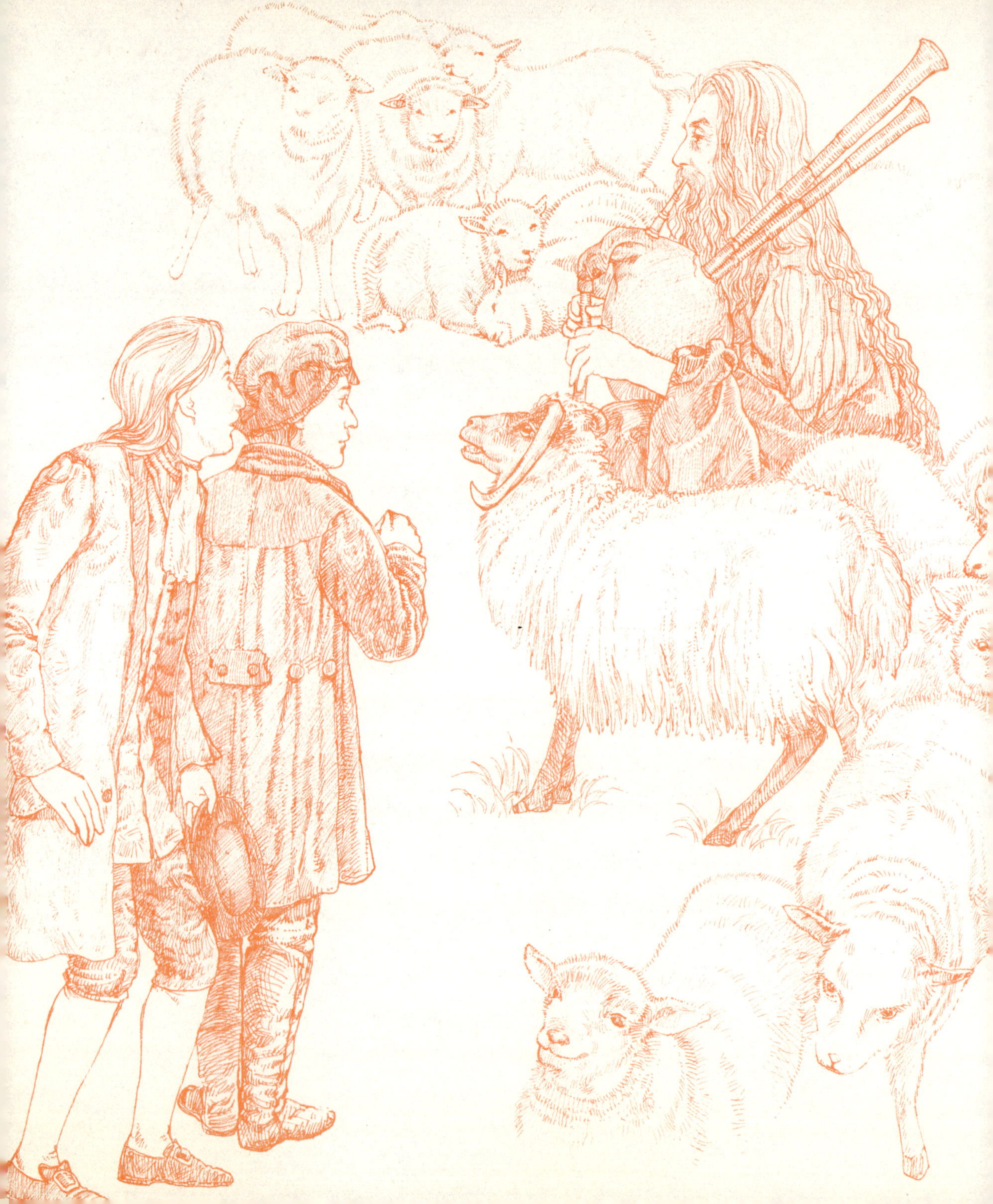

第四章 贪婪的牧羊人

们丢了自己的羊群。"

"这是高山牧场，"老人答道，"我是牧羊人，从古至今，一直生活在这里。我的羊群从来没有走失过，但我有工作给你们做。你们俩谁剪羊毛剪得更好？"

"善良的老人，"紧抓鼓起勇气说道，"我是草原上剪羊毛剪得最短的，我剪完后，羊身上的毛连织一根线都不够。"

"你是我要找的人，"老牧羊人回答道，"当月亮升起的时候，我会唤来需要你剪毛的兽群。现在，请坐下来休息吧，我袋子里有你们的晚餐。"

紧抓和友善高兴地走到老人身边，坐在紫罗兰花丛中。他们打开放在老人身侧的一个皮袋子，老人给了他们些蛋糕和奶酪，还拿出一只角杯，让他们到附近的小溪中接水喝。晚餐后，两兄弟觉得他们可以胜任任何工作。紧抓为有机会展示他的剪毛技术而暗自窃喜。"友善将知道会贴身剪毛多么有用。"他心里想着。两兄弟和老人坐在一起，听老人讲述草原上的事情，直到月升日落，雪白的绵羊们都围了过来，卧在老人身后。而后，老人拿出风笛，吹奏出一曲欢快的音乐。突然，传来一阵惊天动地的嚎叫，

079

满山遍野钻出一群毛发粗浓杂乱的狼，狼毛长到几乎遮住眼睛。紧抓惊恐失措，想要逃走，却被狼群拦住。老人对他说：

"起来吧，去给它们剪毛吧——我的这群动物身上的毛太长了。"

紧抓以前从来没有剪过狼毛，可他也不想失去这份好工作，于是他鼓起勇气走上前。他一走近，第一只狼就朝他龇牙示威，其他的狼也发出咆哮声。紧抓赶紧扔下剪子，跑到老人身后躲起来了。

"善良的老人啊，"他叫道，"我会剪羊毛，不是狼毛。"

"它们的毛必须剪，"老人说道，"如果你们剪不了，就回平原去吧，它们也会一直跟着你们。但你们中间不论哪一个能够剪掉它们的毛，就能得到整个兽群。"

听到这句话，紧抓开始大声哀叹自己的命苦，抱怨友善把他带到这儿成了狼群的猎物。然而此时友善想到事情不可能变得更糟糕了，于是他拿起紧抓在恐惧中扔掉的剪子，勇敢地走向离他最近的狼。令他感到惊奇的是，这匹野狼仿佛认识他，安静地站在那儿让他剪毛，而其他的狼也围了过来，好像在排队等着剪毛。

第四章 贪婪的牧羊人

友善修剪得很整齐,但不是太短,就像他以前希望紧抓对羊群做的那样。他把剪下来的毛堆在身体的一侧。当他剪完一只,另一只又自动走上来。就这样,在皎洁的月光下,友善把整群狼的毛都剪好了。然后,老人说道:

"你做得很好,把所有的毛和兽群都带走吧,那是你的报酬。带着它们回平原吧,如果你愿意,也把你这个没什么用的兄弟带回去给你当个牧羊人吧。"

友善不太愿意放牧狼群,可是没等他回复老人,狼群竟然变成了那些离奇走失的羊。所有的羊都长胖了,毛也变厚了,而且他剪下来堆在身侧的羊毛,看起来是那么细密柔软,平原上从来没有见过这样好的羊毛。

紧抓把羊毛装进他的空袋子里,他很高兴能和兄弟一起回草原。老人让两兄弟带着羊群赶紧离开。老人告诉他们,山顶牧场是精灵的王国,除他之外没人可以看到牧场上的日出。于是,紧抓和友善兴高采烈地回到了家中。所有的牧羊人都跑来听他们讲这个神奇的故事,因为两兄弟这样走运,从此以后,牧羊人都愿意和他们密切来往,沾沾好运。直到现在,两兄弟还在一起放牧

081

会讲故事的
魔法椅子

羊群，然而紧抓不再像以前那样贪婪，友善独自拥有使用剪子的权利。

讲完这个故事，椅子不作声了。两位身穿草绿色衣服、头戴花环的牧羊人站起来，说道：

"那是我们的故事！"

"妈妈，"念贝公主说，"开满紫罗兰的牧场多可爱呀，我想要！"

"还有从那些雪白的绵羊身上剪下来的羊毛，多棒呀！"索全王后说。

而得富国王说道："除了昨天和前天的故事，我从来没有听过这样的故事，自从我的兄弟智慧离开我，在森林中消失以后，就再也没有听过了。亮长袜，我的第五侍从，去给这个小姑娘拿一件白色丝缎礼服。"

雪花拿着白色丝缎礼服，谢过国王，向贵宾们屈膝行礼后，坐上椅子，去了最好的厨房。那天晚上，有人给了雪花一条新毛毯。第二天，雪花吃到了一块冷馅饼。

宫殿里，音乐、盛宴和怨恨妒忌一起继续进行着；宫殿外的

第四章
贪婪的牧羊人

抗议也没有停歇。晚餐后，和往常一样，国王又一次陷入低落的情绪中。一位下等厨师告诉雪花，从宴会大厅中传出一道圣旨，让她带着椅子去最高宴会厅，再为国王讲一个故事。于是，雪花穿上红鞋子、金边丝袜和白色丝缎礼服，去了宴会厅。见到雪花和椅子的到来，所有的宾客都很开心，除了王后和公主。雪花向众人屈膝行礼后，把头靠在椅垫上，说道："奶奶的椅子，请给我讲个故事吧。"

椅垫下又传来那个清晰的声音："请听妖脚王子的故事。"

第五章

妖脚王子

会讲故事的魔法椅子

很久很久以前，在遥远的西方有个笨脚城。城里有七架风车，一座王宫，一处集市，一座监狱，还有作为一国之都该有的其他基础设施。笨脚城是这个国家的首都，而且，城里的居民们认为这是世界上仅有的都市。它位于一片广袤的大平原中央，城墙外方圆三里格（里格，长度单位，约等于5公里）内种满了玉米、亚麻和果树。再往外是一圈牧场，有七里格宽。牧场外面环绕着茂密古老的森林。没有人知道这片森林有多大，城里最博学的人认为，森林一直延伸到世界的尽头。

他们有充分的理由秉持这种观点。首先，不知从何时开始，人们确信森林里住着精灵，没有猎人想要越过边界进入森林。因此，西方的人们都相信，森林从外到内长满了密密层层的参天古树。其次，笨脚城的人们不喜欢旅行——不管男女老少，都长着一双笨重的大脚，实在是不方便远行。不知是因为地域还是人种的关系，自古以来，大脚就是那儿的时尚，而且家族的地位越高，

第五章
妖脚王子

脚就越大。所以，除了最下层的农夫和牧羊人，每个人的目标都是让他们的脚变大变长。他们的努力很成功，那些体面人的拖鞋在必要的时候可以拿来当箩筐。

笨脚城有自己的国王，名叫僵步。他的家族历史悠久，家里的人都是大脚。臣民们称他为世界之王。国王每年会向臣民发表一篇讲话，吹嘘自己的帝国如何强盛伟大。王后锤踵是笨脚城最美丽的女人，她的鞋子和渔船一样大。理所当然的，他们的六个孩子也都长得非常英俊。在第七个孩子降生之前，家里诸事顺遂。

有很长一段时间，宫殿附近的人们都不能理解到底发生了什么事情——宫廷侍女们脸上是惊愕不已的表情，国王看起来十分烦恼。最终，消息悄悄地传遍了整个都城：王后刚生的第七个孩子，脚小得可怜。除了精灵的脚，笨脚城的人们从未见过甚至从未听说过谁有这么小的脚。

王族历史上从来没有发生过这样的不幸事件。老百姓们认为这预兆着某种巨大的灾难即将降临；学者们开始为此而著书立传；所有的皇亲国戚们聚集在宫殿，和国王王后一起为这一前所未见的不幸感到痛心。宫廷上下和大部分民众都表达了他们的

悲痛惋惜。但是，七天之后，他们发现这样做毫无用处。于是，皇亲国戚们都回到自己的家中，人们也各忙各的去了。学者们的书即使写出来，也没有人会读了。为了改善王后的精神状态，幼小的王子被悄悄送到牧场，交给牧民抚养。

牧场上的首领叫欺瞒，他的妻子叫粗红。他们和儿子黑棘、女儿棕莓一起，住在一间小巧舒适的农舍里。他们为国王看管羊群，因而被大家认为是重要人物。此外，据说欺瞒家族有着悠久的历史，粗红还吹嘘自己的脚比牧场上其他人的都大。所以，牧民们很尊敬他们，当国王的第七个孩子被送到他家的消息传出来以后，大家对他们就更崇敬了。人们从四面八方赶来看望小王子，看到他那双小脚之后，都为他的不幸痛心疾首。

国王和王后给小王子起了一个很长的名字，有十四个字，以"奥古斯都"开头——这在王室家族里很流行。但是，朴实的乡下人记不住这么长的名字，再加上小王子身上最引人注目的就是他的那双脚，所以大家一致叫他"妖脚"。一开始，人们担心这样称呼小王子可能被认为大逆不道，可国王和大臣们没有丝毫反应，于是牧民们就知道了，这样叫不会惹麻烦，从此以后，小王

第五章
妖脚王子

子在牧场上一直被叫作妖脚。在宫廷里，任何关于小王子的话题都会被认为是非常无礼的。宫里从来没有为小王子庆祝过生日，圣诞节的时候也从不接他回宫团聚，因为王后和贵妇们看他一眼都觉得难受。每年，宫里会派一个最下等的侍者去看看他过得怎么样，并带去一包六哥穿剩下的衣服。随着国王一天天变老，脾气越来越暴躁易怒，有消息说国王打算和小王子断绝关系。

就这样，妖脚在欺瞒的农舍里慢慢长大了。可能是因为乡下清新的空气，他长得非常漂亮，脸色像玫瑰一样红润——所有人都说，如果没有那双小脚，他会是一个英俊的男孩。然而，他不但用这双小脚学会了走路，后来还学会了跑和跳，这让每一个人都很震惊，因为笨脚城的孩子们都不会跑也不会跳。可是，宫里对小王子的态度传到牧民们耳朵里，让他们也看不起他。老人们认为他是不祥之人；孩子们拒绝和他一起玩耍；欺瞒为不得不收养妖脚而感到羞耻，但他不敢违抗国王的指令。此外，下等侍者给小王子带来的衣服，大部分都被黑棘穿走了。后来，粗红发现，看到小王子那可怕的蹦跳后，她的孩子们也变得粗俗没有教养，于是，等到小王子稍微大一点儿，粗红就让他每天去森林边上那

片杂草丛生的野地里看管病羊。

可怜的妖脚常常感到孤独伤心。他无数次地祈祷,希望自己的脚能长大些,或者人们不要这样关注他的脚。他唯一的慰藉就是一个人在野地里奔跑跳跃,想着没有哪个牧民的孩子能又跑又跳,不管他们如何为自己的大脚而骄傲。

一个炎热的夏日中午,他跑跳累了之后,躺在一块长满了青苔的岩石下面,羊群在周围吃草。忽然,一只知更鸟被巨大的老鹰追赶着,飞进了他放在草地上的旧绒帽里。妖脚把知更鸟遮住,大声喊叫着把老鹰吓跑了。

"现在你可以出来了,可怜的知更鸟!"他一边说着,一边揭开了帽子。可帽子里面没有鸟,却跳出了一个穿着黄褐色衣服的小人儿,他看起来有一百岁了。妖脚目瞪口呆。小人儿开口说话了:

"谢谢你救了我。我一定会报答你的。如果你有麻烦了,可随时呼唤我。我叫好人罗宾。"说完,小人儿快速地飞走了,一下子就消失得无影无踪。之后的几天中,男孩一直在想小人儿到底是什么人,但是他没有告诉任何人,因为小人儿的脚和他自己

第五章
妖脚王子

的脚一样小得可怜，想必他在笨脚城也不会受欢迎的。妖脚把这件事埋藏在自己心底。仲夏接踵而至。一天晚上，牧民们举办宴会，他们在山上燃起篝火，村子里到处是欢歌笑语。可是，村里的孩子们不准妖脚和他们一起在篝火旁跳舞，他独自一人坐在羊圈旁边，为自己的小脚而悲伤——就是这双脚，把他和这么多美好的事情隔绝开来。妖脚从未感到过这样孤独，这时，他想起了小人儿，于是振作起精神，叫道：

"喂，好人罗宾！"

"我在这儿。"一声尖叫从他胳膊肘那儿传来，小人儿站在上头。

"我很孤单，没有人和我一起玩，因为我的脚不够大。"妖脚说。

"那跟我来，和我们一起玩。"小人儿说，"我们是世界上最快乐的人，我们从来不关心脚的大小。但是每个群体都有自己的规矩，在我们中间你必须记住两件事情：第一，你看见其他人做什么，你就做什么；第二，不要对别人谈起你的所见所闻，因为自从大脚成为时尚之后，我们和这个国家的人就没

有任何交情了。"

"我会照你说的做。不管你们喜欢什么，我都会照做。"妖脚说道。于是，小人儿牵着他的手，带着他穿过牧场，走进森林，沿着一条长满青苔的小路一直往前走，路两旁是挂满常春藤的参天古树。他不知道走了多远，走到最后，他们听到音乐声，来到了一片草坪。月光把这儿照得像白昼一样亮堂，厚密茂盛的草地上盛开着四季鲜花——有雪花莲、紫罗兰、报春花，还有黄花九轮草。这儿还有一群小精灵，男男女女，有的穿着黄褐色衣服，更多人穿着绿衣服。他们正围着一口小小的水井跳舞，井水清澈得像水晶一样。草坪上到处是巨大的玫瑰花树，人们围着低矮的桌子坐在树下，桌上放满了食物，杯子里倒上了牛奶，盘子里盛着蜂蜜，木制雕花酒壶里是清亮的红葡萄酒。小人儿带着妖脚走到最近的一张桌子旁边，递给他一壶酒，说道：

"这壶酒敬给我们的好朋友！"

笨脚城的牧民们很少有喝酒的机会，妖脚也从来没有品尝过这样的美酒。酒一下肚，他就把所有的烦恼忘到九霄云外去了——包括黑棘和棕莓怎样穿走他的衣服，粗红怎样指使他看管病

第五章
妖脚王子

羊，还有其他孩子不愿意和他一起跳舞的事。总之，他忘掉了小脚带来的所有不幸，脑子里想着他是国王的孩子，万事顺意。这时，水井周围的小人儿们齐声高呼：

"欢迎！欢迎！"每个人都热情地说："来和我一起跳舞吧！"于是，妖脚快乐得像个真正的王子，他一直喝着牛奶吃着蜂蜜，直到月亮快要沉入天际。小人儿牵着他的手，一路将他送回小屋角落的草床上。

第二天早上，妖脚并没有因为跳了一夜舞而感到丁点儿疲惫。屋子里也没有人觉察到他晚上失踪了，他像往常一样赶着羊群出门。那个夏天的每个夜晚，当牧民们进入梦乡后，小人儿就来带着他去森林里跳舞。现在，妖脚不再介意是否能和牧民的孩子一起玩耍，也不再为父母的漠视而悲伤。他白天看管羊群，有时唱歌给自己听，有时编织灯心草。每当太阳下山的时候，一想到要和那群快乐的伙伴们相会，他就欢欣鼓舞起来。

奇怪的是，他从不感到疲惫或是困乏，没有整晚跳舞的人们通常会出现的症状。在夏天快要结束的时候，妖脚才知道这是为什么。一天晚上，满月当空，田野里最后成熟的玉米在风中飒飒

会讲故事的魔法椅子

作响,好人罗宾和往常一样来接他,他们一起来到开满鲜花的草地上。此时气氛十分热烈,罗宾着急加入,指了指妖脚每晚喝酒的雕花酒杯就走开了。

妖脚心想:我不渴,就别浪费时间了。于是,他直接加入了跳舞的人群中。但他发现,要跟上同伴的舞步从来没这么费劲过。同伴们的脚像闪电一样快速移动,燕子也不能飞得这么快,这么迅捷地转身。妖脚从不轻言放弃,他竭尽全力跟上同伴的舞步,最后,他累得上气不接下气,筋疲力尽,只好偷偷溜走了,坐在一棵长满青苔的橡树后休息。他真是困极了,闭上眼睛就睡着了。等他醒来时,舞会就快要结束了。两位身着绿衣服的精灵女士在他身边聊天。

"多么漂亮的男孩!"其中一个说道,"只要看看他那双美丽的脚,就知道他配当国王的孩子!"

"是的。"另一个说,笑声里仿佛带有恶意,"这双脚和五月花公主在展井里洗过之前的脚一样美丽。公主的父亲在全国遍寻名医,想把公主的脚变回去,但这世界上只有丽泉的水才有用。而只有我和夜莺知道丽泉在哪里。"

第五章
妖脚王子

"没人会愿意让别人知道那样的地方。"第一个小人说,"如果那些大块头的俗人们蜂涌而至,吵吵闹闹,我们就再也不会享有平静安宁了。但是,你肯定会告诉可爱的公主吧!——她对我们的鸟儿和蝴蝶这样和善,而且她的舞跳得和我们一样好!"

"我当然不会说!"心存怨恨的精灵说,"公主的父亲是个老吝啬鬼,他叫人把整个森林中我最爱的那棵雪松砍掉了,拿去做了一个钱柜。而且,我从来都不喜欢公主——虽然每个人都这样称赞她。不说了,要不我们该错过最后一支舞了。"

她们走后,妖脚惊讶得再也睡不着了。他并不奇怪精灵们会赞美他的脚,因为他们的脚和他的非常相似。让他吃惊的是,五月花公主的父亲竟然会为了公主的大脚而烦恼,而世界上除了笨脚城,竟然真的还有另外的地方。他很想去看看公主和她的国家。

当好人罗宾像往常一样送他回家时,妖脚不敢让他知道刚才无意中偷听到的事。那天早上,妖脚非常不愿意起床,他整天都无精打采,到了下午,他累得头靠在灯心草上就睡着了。往常,很少有人会想到去探视他和那些病羊,可凑巧的是,那天天快黑的时候,老牧人欺瞒想起来要去看看牧场上的情况。欺瞒的脾气

095

会讲故事的
魔法椅子

很坏,他还有一根很粗的棍杖,当他看到妖脚在睡觉,羊群却走失了,立刻咆哮起来,叫嚷着他能记得的各种难听的话。妖脚被惊醒了,拔腿就跑。欺瞒拖着大脚尽力追赶。在欺瞒的盛怒之下,妖脚没有其他藏身的地方,就逃进了森林,一直不停地跑到了一条小溪边。

男孩心想,也许这条小溪能带他去精灵们跳舞的地方,于是,他一直沿着小溪走,走了好几个钟头。小溪穿过林木青翠的山谷,淌过青苔茸茸的大石块,又蜿蜒流进了森林深处,夜色降临后,最终将筋疲力尽的妖脚带到了一片高大的玫瑰树林中,月光照得此处亮若白昼,千万只夜莺在枝头吟唱。在树林中间有一弯清澈的泉水,周围开满了百合花。妖脚在泉边坐下来,一边休息,一边听夜莺歌唱。夜莺的歌声是如此甜美,他愿意一直听下去,可他一坐下来,夜莺们就不唱了,在夜晚的静谧中开始交谈起来:

"那个男孩是谁?"站在妖脚头上方树枝上的一只夜莺说道,"那个孤独的坐在丽泉边上的人是谁?他的脚这么小巧美丽,一定不是从笨脚城来的。"

"我敢肯定他是从西边来的,"另一只说,"可他究竟是怎

第五章
妖脚王子

么找到这里的呢？"

"你真傻！"又一只夜莺说，"他只需要跟着常青藤，越过高山，穿过山谷，跨过河岸，爬过灌木从，就能从国王菜园中最矮的那扇门走到这棵玫瑰花树底下。他看上去很聪明，真希望他能保守这个秘密，不然西边的人都会到我们的丽泉来玩水，那样我们就没有地方聊天唱歌了。"

当夜莺们交谈的时候，妖脚一直坐着，心中讶异万分。不久以后，夜莺不再聊天，又开始唱歌了。男孩心想，他倒不如跟着常青藤走，去看看五月花公主，起码可以摆脱粗红、病羊和粗暴的老牧人。那是一段漫长的路程，但他坚持不懈，白天吃野果，晚上就睡在大树的树洞中，从不让常青藤离开他的视线。他越过高山，穿过山谷，跨过河岸，爬过灌木从，走出森林后，只见一条宽敞大道，两旁全是田地和村庄。他沿着大道一直走到了一个繁茂的大城市，最后，来到国王菜园中一扇低矮老旧的门后。厨房里干粗活的仆人都不屑于从这扇门经过，所以它已经有七年没有开过了。

敲门没有用——因为门口杂草丛生，长满青苔。于是，机灵

的妖脚从门上翻了过去。他走过菜园，看到一只白色的小鹿轻快地从身边跃过，然后听到一个温柔的声音哀伤地说：

"回来吧，回来吧，我的小鹿！我现在不能跑，不能和你一起玩啦，我的脚太笨重了。"妖脚四下张望，看到了世界上最可爱的公主，她穿着雪白的衣服，一头金发上戴着玫瑰花环。可是，公主走得很慢，就像笨脚城的大人物那样，因为她的脚和笨脚城中身份最高贵的人一样大。

公主身后跟着六位身着白衣的年轻侍女，她们也走得很慢，因为她们不能越过公主走到前面去。妖脚惊奇地发现，侍女们的脚和他的一样小。他马上猜到这就是五月花公主，他朝公主恭敬地鞠了一躬，说道：

"公主殿下，我听说您的脚长大后给您带来了一些麻烦。在我们国家，大脚却是时尚。在过去的七年中，我一直在找寻让我的脚变大的方法，结果白费工夫。不过，我知道有个喷泉叫丽泉，能让您的脚变小，甚至变得比以前更漂亮。如果您的父王允许您跟我去找喷泉，我们可以带上您最少言寡语的两位侍女和最小心谨慎的一位王室官员。因为，如果让那个喷泉广为人知，会冒犯森林中的精灵和夜莺。"

公主听到这个消息后，高兴得跳起舞来，甚至忘了她的大脚。随后，她和六位侍女带着妖脚来到国王和王后面前。国王和王后正坐在宫殿中，接受全体朝臣的早朝问安。当贵族们看到一个衣衫褴褛的赤脚男孩被带进来时，十分震惊，贵夫人们认为五月花公主一定是疯了。妖脚毕恭毕敬地鞠了一躬，向国王和王后陈述了一番，并提出当天就和公主一起出发。起初，国王不相信男孩的提议会有用，因为这么多名医专家都无计可施。朝臣们嘲笑讥讽男孩，侍卫们把他当作一个厚颜无耻的骗子要赶他出去，首相说他欺君罔上，应该被处死。

看到这样的情形，妖脚只希望自己还能安全地回到森林中，就算回去看管病羊也行。这时，谨慎智慧的王后说道：

"尊敬的国王，请您注意这个男孩那双美丽的脚。他的故事可能是真的。为了我们唯一的女儿，我愿意挑选两位最能守口如瓶的侍女和王室中最贤明的官员，官员就选我的管家吧，让他们陪着公主一同前往。说不定这真能减轻我们的痛苦。"

虽然朝臣们都持反对意见，但经过王后的一番劝说，国王还

是同意了王后的建议，并指派了两位嘴严的侍女和一位贤明的内臣给五月花公主。公主的那只小鹿也不愿意留下来，要跟他们一起走。于是，大家用完餐后就出发了。妖脚领着他们顺着常青藤走，那真是一段艰苦卓绝的旅程。侍女和内臣很不喜欢森林中长满荆棘的灌木和粗糙不平的树根，他们觉得吃野莓睡树洞让人难以忍受。然而，公主却怀着巨大的勇气努力前行。最后，他们终于到了玫瑰树林，来到长满百合花的泉水边。

内臣先在水中洗漱了一番，就变年轻了，虽然此前他已经头发花白，满面皱纹，可此后很多年，年轻的朝臣们都嫉妒他的容貌。两位侍女也在水中洗漱了一番，从此以后，她们被公认是整个宫中最美丽的侍女。最后，公主也洗漱了一番，虽然她的容貌本来就美丽得无法再增加一分，可是她的脚一伸进水中，立刻变小了。公主把脚洗净并擦干，又伸入水中，如此重复三次后，她的脚变得和妖脚的脚一样小巧美丽。众人都兴高采烈，可妖脚忧伤地说道：

"唉，要是世界上有口井能把我的脚变大，我的父母就不会抛弃我，不会让我和牧民一起生活了。"

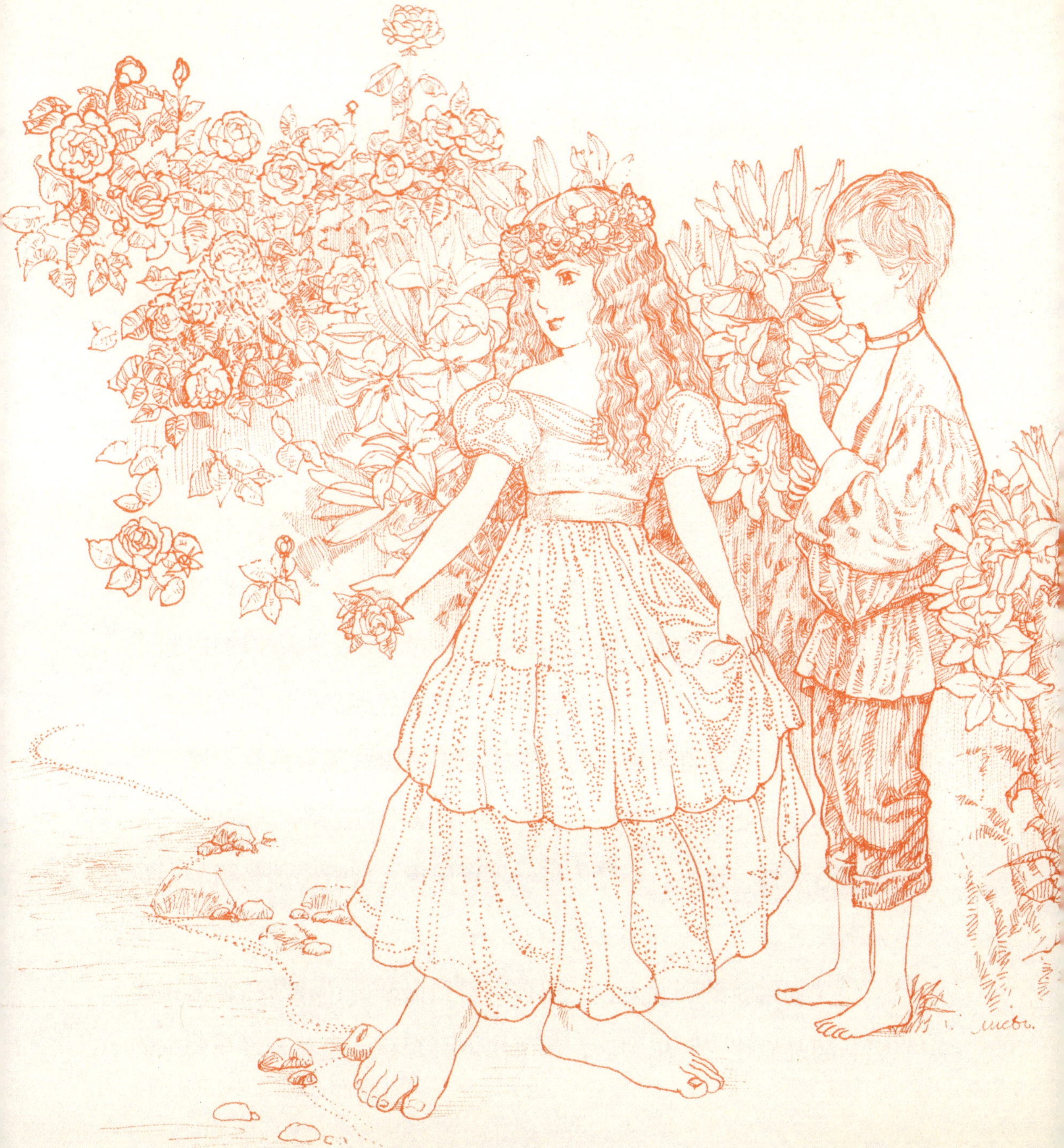

"振作起来,"五月花公主说,"如果你想要双大脚,森林里面有口井能帮你。去年夏天,我跟着父亲和林务官们去看人们砍伐大雪松,父亲想用那棵雪松做一个钱柜。就在他们忙着砍树时,我看见一丛灌木上长满了黑莓。黑莓有的熟了,有的还很青涩。我从来没有见过这么长的灌木。为了找黑莓,我一直走啊走,走到灌木的根部,它在一口混浊的井边,那口井在森林的最深处,井边长满了深绿色的苔藓。那天天气又热又干,我的脚被粗糙的地面磨得很痛。于是,我脱下红鞋子,把脚伸进井里去洗。可洗的时候,脚不断变大,后来再也没法变小了。我今天又看见了那丛灌木,就在不远处。你带我找到了丽泉,我带你去找展井吧。"

说完,妖脚和公主就站起来,一起去找展井。他们先找到了那丛灌木,并顺着藤蔓找到了它的根部,它紧挨着混浊的展井,在森林最深处的幽谷中,井边长满了深绿色的苔藓。妖脚坐下来,正准备洗脚,这时,突然传来一阵音乐声,他听出那是精灵们要去跳舞了。

"如果我的脚变大,"男孩自言自语道,"我怎么能再和他们一起跳舞呢?"想到这,他飞快地跳起来,牵着五月花公主的

第五章
妖脚王子

手跑了。小鹿跟在他们后面，两位侍女和内臣跟着小鹿，大家一起随着音乐声穿过森林，来到花团锦簇的草坪。看在妖脚的面上，好人罗宾热情欢迎大家的到来，并请每一位来宾品尝精灵们酿的红葡萄酒。于是，他们在那儿整夜欢跳，从太阳下山一直跳到第二天拂晓，但大家一点儿也不觉得累。在云雀唱响晨歌之前，罗宾带着他们安全地回到宫中，就像以前送妖脚回家一样。

那天，因为五月花公主的脚又变小了，宫殿里充满了欢歌笑语。国王赏给妖脚各种华丽的衣服和珍奇的珠宝。听妖脚讲述完他神奇的经历后，国王和王后邀请他和他们一起生活，并表示愿意把他当成自己的孩子。后来，妖脚和五月花公主结婚了，他们一直幸福地生活在一起。当他们去笨脚城做客时，都会先去展井洗脚，以免王室觉得丢脸。而当他们回来时，会赶去丽泉洗脚。精灵和夜莺与他们成了莫逆之交，两位侍女和内臣也与他们交好，因为他们没有向任何人提起这件事，玫瑰林中至今仍保持着安静详和。

讲到这儿，椅子不作声了。两位头戴金色王冠、身穿银色衣服的人站起来，说道："那是我们的故事！"

"母后，"念贝公主说，"如果我们能找到丽泉，据为己有，

会讲故事的魔法椅子

该多好！"

"是啊，女儿，还要把我们的钱放进展井洗一洗！"索全王后答道。而得富国王说：

"除了昨天的故事和之前的两个故事，我从来没有听过这样的故事。自从我的兄弟智慧离开我，在森林中消失以后，就再也没有听过了。银马刺，我的第四侍从，去给这个小姑娘拿一条珍珠项链。"

随后，雪花接过项链，谢过国王，屈膝行礼后，坐上奶奶的椅子，来到仆人们的大厅。那天晚上，他们给了雪花一个羽绒枕头。第二天，雪花吃到了一只烤鸡。和前几天一样，宫殿里的盛宴和宫殿外的抗议继续进行着。晚餐后，国王习惯性的萎靡不振，他又传召雪花。主厨把圣旨传给雪花。于是，雪花穿上红鞋子、金边丝袜和白色丝缎礼服，戴上珍珠项链，坐在奶奶的椅子上来到大殿。所有的宾客都面带微笑欢迎雪花的到来。雪花向众人行礼后，低下头说："奶奶的椅子，请给我讲个故事吧。"

椅垫下又传来那个清晰的声音："请听仁爱小姐的故事。"

第六章

仁爱小姐

会讲故事的
魔法椅子

很久很久以前，西方生活着一个小女孩。她的父母在她非常年幼的时候就去世了，把她托付给叔叔照顾。小女孩的叔叔是整个国家最富有的农场主，宅多地广，还有难以计数的羊群牛群，许多仆人为他打理房子、耕种田地。他的妻子给他带来了丰厚的嫁妆，还为他生了两个漂亮的女儿。穷邻居们十分尊敬他们——以至于他们自我膨胀得厉害，认为自己很了不起。这家人的父母像孔雀一样傲慢，两个女儿也认为自己的美貌举世无双。当和他们认为地位低下的人说话时，他们全无任何礼貌教养。

所以，虽然小女孩是他们的至亲，他们却看不起她，一方面是因为她没有任何财产，另一方面是因为她谦逊和善的性格。据说，越是穷苦、受人轻视的人或动物，小姑娘就越愿意和他们交朋友。因此，西方的人们称她为仁爱小姐，从来没有听过别人叫她其他名字。在那个妄自尊大的家庭里，仁爱小姐身份低微。叔叔不承认她是侄女；堂姊妹们从不和她一起出入；婶婶把她送到

第六章
仁爱小姐

牛奶场去工作，让她睡在后院的阁楼里，阁楼里还存放着各类过冬用的木头和干草。所有的仆人们都学会了和主人一个鼻孔出气，因而仁爱小姐比其他仆人们有更多工作要做。从早到晚，她都在冲洗奶桶、碗碟和瓦罐。可是，每个晚上，她都能在阁楼里安然入睡，就像公主睡在王室寝宫里一样。

叔叔的白色豪宅矗立在一片绿草茵茵的草地上，临水而建。房前有一条藤蔓蔽日的门廊，屋后是广袤的农场和谷物堆积如山的粮仓。屋内有两间招待有钱人的会客室，两间招待穷人的厨房。在邻居们看来，这两间厨房已经够豪华了。秋日的一天，当所有的玉米收割完毕、储存妥当后，这位有钱的农场主屈尊俯就，邀请众人来聚餐庆祝丰收。人们穿着节日盛装来赴宴，在晚宴上也尽量表现得举止有礼。餐桌上各种蛋糕奶酪数不胜数，苹果篮和啤酒桶满桌遍屋，人们从未在宴会上看到过这样丰盛的食物。正当大家在厨房和客厅里纵情享乐时，后门来了一位穷苦的老婆婆，乞求人们给一点剩菜剩饭，让她住上一晚。老婆婆衣衫褴褛，头发稀疏，弯腰驼背，牙齿也已经掉光了。她的一只眼睛斜视，一只脚畸形，手指也是弯曲的。一言蔽之，她是前来乞讨的人中最

会讲故事的
魔法椅子

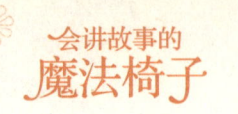

穷最丑的。第一个看见她的是厨房女佣，女佣骂她丑巫婆，并让她赶紧离开。第二个看见她的是个牧童，他朝身后扔了一块骨头去砸她。仁爱小姐原本坐在最矮的那张餐桌桌脚处吃饭，她听到吵闹声后，站起来走到门边，请老婆婆吃她那份晚餐，并请她晚上睡在阁楼自己的床上。老婆婆坐下来，一句感谢的话语也没有。其他人都嘲笑仁爱小姐把自己的床和晚餐让给一个乞丐。她那两位高傲的堂姐讥笑她的行为充分反映了她庸俗低贱的本质，可是仁爱小姐毫不介意。那天晚上，她用锅底刮下来的残羹冷炙充当晚餐，睡在一堆烂木头中间的麻布袋上，把自己温暖的床让给老婆婆睡。第二天早上，小女孩还没醒，老婆婆就起床离开了，连一句"谢谢"或者"早安"都没有说。

　　那天，所有的仆人都在宴会后病倒了，很多人因此粗言秽语乱骂——看看他们是多么"文明有礼"。晚餐的时候，老婆婆又来到后门，乞求人们给一点剩菜剩饭，让她住上一晚。没人搭理她，也没人给她任何食物。后来，仁爱小姐从她的座位上站起来，和善地邀请老婆婆吃她的晚餐，睡她的床。老婆婆又一言不语地坐了下来。那晚，仁爱小姐用锅底刮下来的残羹冷炙充当晚餐，

第六章
仁爱小姐

睡在麻布袋上。第二天,老婆婆一早就走了。接下来的六个晚上,宴会一开席,老婆婆就站在后门,小女孩每次都请她进来。

仁爱小姐的婶婶说,女孩想招待多少乞丐都随她去。两个堂姐嘲讽她在款待"来自上流社会的访客",她们以此为乐,乐此不疲。有时候,老婆婆会说:"小家伙,你为什么不把床弄得柔软舒服些呢?你的毯子怎么这么薄?"可是,她却从来没有对小女孩表示过感谢,也从没有礼貌地向她问候早安。最后,从老婆婆第一次到来算起的第九个晚上,当仁爱小姐已经习惯了刮锅底、睡麻袋,门后又响起了熟悉的敲门声,这一次,老婆婆身边还站着一只丑陋的灰狗,看上去又蠢又笨,没有哪个牧童会养这样一条狗。

仁爱小姐打开门后,老婆婆说道:"晚上好,小姑娘。今晚我不吃你的晚餐也不睡你的床,因为我要出远门去看望一个朋友。但我有条狗,没人愿意帮我照看它。它脾气有点暴躁,长得也不是很好看。我把它托付给你,到了一年中白昼最短的那天,我会回来,然后和你一起算算该怎样报答你的照顾。"

老婆婆说完最后一个字,立刻转身离去,很快就消失在仁爱

会讲故事的 魔法椅子

小姐的视线中。留下来的那只丑狗对着仁爱小姐摇尾乞怜，可对其他人却大吼咆哮。仆人们说，它的到来是对整座房子的羞辱。傲慢的堂姐们想要溺死狗，仁爱小姐费尽心思才带着狗安全离开，把它藏到一个年久失修的牛圈里。虽然狗长得丑脾气又坏，可它对小女孩很友好，而且老婆婆把它托付给小女孩照顾，所以，小女孩会把自己的食物分给狗吃。当天气转冷出现严重冻霜后，漫漫长夜里牛圈非常潮湿阴冷，她晚上就把狗悄悄地带到自己的阁楼。狗总是安静地躺在角落里的稻草上，仁爱小姐也睡得十分香甜。可是，每天早上，仆人们都会问她：

"昨晚你的阁楼里怎么会有明亮的灯光和优雅的谈话声？"

"没有什么灯光，只有月光穿过没有任何遮挡的窗户。我也没有听到任何声音。"仁爱小姐说道。她想这些人肯定是在做梦。可是一夜又一夜，只要仆人们在黎明前黑暗静谧的时刻醒来，就会看见阁楼里有一簇灯光，比圣诞焰火还要明亮，还会听到一些声音，像是贵族贵夫人们在交谈。

因为害怕，也因为懒，没有一个仆人起床查看到底是怎么回事儿。后来，到了冬日夜晚最长的那几天，当其他人都睡着之后，

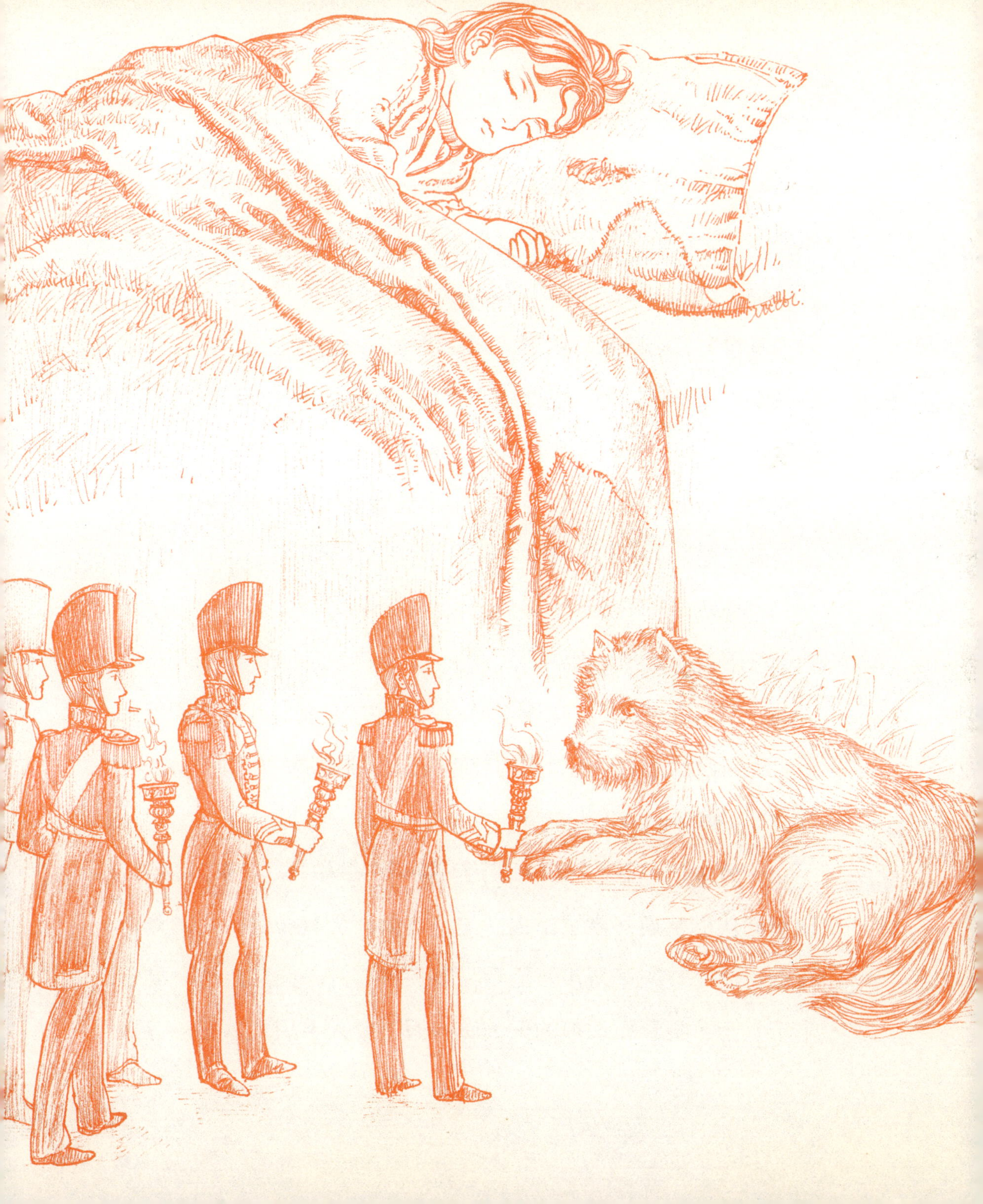

一个在客厅工作的小侍女蹑手蹑脚起床,偷偷从阁楼的门缝往里张望。这个小侍女做的工作最少却最受宠,因为她为女主人收集各种消息。小侍女看见狗安静地躺在角落,仁爱小姐在床上熟睡,月光从没有遮挡的窗户照进房间。可是,天亮前一个小时,一簇耀眼的光芒渐渐靠近,远处还传来军号声。随后,窗户被打开,列队走进一群小人,身着深红和金黄的衣服,每人手里还举着一支火炬,把整个房间照得像白天一样亮堂。他们毕恭毕敬地列队走向躺在稻草上的狗,其中衣着最华丽的小人说道:

"尊敬的王子殿下,我们已经把宴会厅准备妥当。请您指示我们接下来还要做什么?"

"你们做得很好,"狗说道,"现在去准备筵席吧,要确保所有的东西都是最好的,因为我和公主想要邀请一位以前从未在宴会厅宴请过的陌生人。"

"遵命,殿下。"小人说道,又恭恭敬敬行了个礼。然后,他和同伴们从窗户走了出去。过了不久,又有一簇耀眼的光芒靠近,远处传来军号声。随后,窗户被打开,列队走进一群小个子女士,身着玫瑰色的天鹅绒衣服,每人手里还拿着一盏水

第六章
仁爱小姐

晶灯。她们也毕恭毕敬地列队走向那条狗，其中衣着最鲜艳的女士说道：

"尊敬的王子殿下，我们已经把挂毯准备妥当。请您指示我们接下来还要做什么？"

"你们做得很好，"狗说道，"现在去准备礼服吧，要确保所有的东西都是最好的，因为我和公主想要邀请一位以前从未在宴会厅宴请过的陌生人。"

"遵命，殿下。"女士恭敬的行了个屈膝礼，然后，她和同伴们从窗户走了出去，窗户在她们身后轻轻地关上了。狗在稻草上伸展了下身体，小女孩在梦中翻了个身，皎洁的月光依然静悄悄地照着阁楼。小侍女看得目瞪口呆，迫不及待要把这个神奇的故事告诉她的女主人。那晚她再也没能合眼睡着，鸡叫之前就起床了。可是，当她讲完故事，女主人却骂她是个笨蛋，做这样愚蠢的梦。女主人的严厉责备让小侍女再也不敢把所见到的告诉其他仆人。女主人虽然责骂了小侍女，但她对此事很好奇，想要探个究竟。于是，那天晚上，当屋子里的人都睡着之后，她蹑手蹑脚起床，偷偷从阁楼的门缝往里张望。在那儿，她看到一切确实

113

会讲故事的魔法椅子

和小侍女所说的一样——举着火炬的小个子男士们和拿着水晶灯的小个子女士们走进来,毕恭毕敬地向狗行礼,他们所说的话都一样,只是这次狗对一个人说:"现在去准备礼物吧。"而对另一个说,"去准备珠宝吧。"小人们走了之后,狗在稻草上伸展了下身体,小女孩在梦中翻了个身,皎洁的月光依然静悄悄地照着阁楼。

女主人和小侍女一样,再也不能合眼睡着,她急于把这个故事告诉别人。鸡叫之前,她就把仁爱小姐的有钱叔叔弄醒了。可是,听完故事后,男主人嘲笑她是个愚蠢的女人,还建议她不要在邻居们面前复述类似的故事,否则他们会认为她神经错乱。女主人不能再多说些什么,这一天就这样过去了。然而,到了晚上,男主人心想,他应该去看看阁楼里到底是怎样的情景。于是,当屋子里的人都睡着之后,他蹑手蹑脚起床,偷偷从阁楼的门缝往里看。他也看到了小侍女与女主人所见到的事情——举着火炬、身穿深红衣服的小个子男士们和拿着水晶灯、身穿玫瑰色天鹅绒的小个子女士们从窗户走进来,毕恭毕敬地向狗行礼,一个人说:"尊敬的王子殿下,我们已经把礼物准

第六章
仁爱小姐

备妥当。"而另一个人说："尊敬的王子殿下，我们已经把珠宝准备妥当。"然后，狗对他们说："你们做得很好。明天带着马匹和四轮马车来接我和公主，要确保所有的东西都是最好的，因为我和公主将要邀请这所房子里的一位陌生人，她以前从未和我们一起旅行过，也从未到过我们宴会厅。"

小个子男士们和小个子女士们说道："遵命，殿下。"他们从窗户走了之后，丑狗在稻草上伸展了下身体，小女孩在梦中翻了个身，皎洁的月光依然静悄悄地照着阁楼。

男主人和小侍女、女主人一样，再也不能合眼睡着，这奇怪的一幕引发了他的思索。他记得以前听他的爷爷说过，他家草坪附近某个地方有条小路，通往精灵王国。制作干草的人们以前常常看到，每当夏日清晨精灵们回家的时候，小路上会闪闪发光，照亮灰蒙蒙的天空。虽然很多年没有人听过或见过这样的事情了，但男主人断定，在他家阁楼上发生的事情和精灵相关，而且那条丑狗必定是个身份高贵的大人物。他最大的困惑是，精灵们打算从他家邀请的那位客人是谁。深思熟虑后，他确信一定是他那两个女儿中的一个——她们美丽非凡，而且衣饰华丽。

于是，那天早上，仁爱小姐的有钱叔叔做的第一件事情就是为丑狗准备烤羊肉作早餐，并亲自送去那个破牛圈。可是，狗一口也没有吃，反而冲着男主人咆哮。如果男主人不带着羊肉跑掉了的话，狗会扑上去咬伤他。

"精灵们行事真奇特呀。"男主人自言自语道。他悄悄地把两个女儿叫来，嘱咐她们穿上自己最漂亮的衣服，因为他也说不准哪一个会在天黑前被邀请去和大人物们聚餐。仁爱小姐那两个骄傲的堂姐听说这个消息后，穿上她们最华丽的绫罗绸缎，整天像孔雀一样在厨房和客厅间大摇大摆地走来走去，等待着她们父亲所提到的邀请。而仁爱小姐一直待在牛奶场里洗洗刷刷。天黑后，没人前来，两个堂姐非常沮丧。可是，正当全家坐下来吃晚饭时，丑狗叫了起来，后门传来了老婆婆的敲门声。仁爱小姐打开门，准备像往常一样为她提供晚餐和睡觉的地方，这时，老婆婆说道：

"今天是一年中白昼最短的一天，我结束了旅行，准备回家举办一场宴会。我看到你把我的狗照顾得很好。现在，如果你愿意跟我一起去我家，我和他会竭尽所能款待你。这是我们的随从。"

第六章
仁爱小姐

　　老婆婆说话的时候，从远处传来号角声，然后出现了一束耀眼的光芒和一队衣着华贵的随从，他们戴着熠熠发光的黄金珠宝，坐在金色的敞篷四轮马车上，拉车的马通体雪白，俊美非凡。走在最前面的那辆四轮马车最为华丽，上面空无一人。老婆婆牵着仁爱小姐的手向那辆马车走去，丑狗也跳上马车坐在小女孩前面。此时，两个精心打扮过的堂姐已经走到了门口，可是没人邀请她们。当老婆婆和狗一坐上马车，奇迹发生了，丑陋的老婆婆瞬间变成了一位年轻美貌的公主，金黄色的头发又长又卷，穿着绿色和金色相间的礼服；而她旁边的丑狗变成了一位年轻英俊的王子，有着栗色的头发，穿着紫色和银色相间的礼服。

　　马车出发了，小女孩满脸诧异地坐在那里，王子说道："我们是精灵王国的王子和公主，我俩打赌，是否还能在这个虚伪贪婪的时代找到好人。公主说能找到，我说找不到。我输了，所以我必须准备宴会和礼物。"

　　对于这件事情，仁爱小姐所知仅限于此。农场主全家一直在月光下注视着他们的离去，一些人说马车穿过草坪驶向了一边，一些说他们去了另一边。直到今天，他们都不能在方向的问题上

会讲故事的
魔法椅子

达成一致。仁爱小姐跟着高贵的朋友们来到一个她从未见过的国家——遍地都是盛开的报春花，天空总像夏日傍晚一样绚烂多彩。她被领进了一座王宫，整整七天，王宫里一直在举办宴会和舞会。她穿上了淡绿天鹅绒礼服，睡在镶嵌着象牙的寝宫里。宴会结束后，王子和公主送给她的黄金和珠宝堆积如山，根本拿不动，于是他们为她准备了一辆六匹白马拉的马车送她回家。第七天晚上恰巧是圣诞节，农场主一家心里想着仁爱小姐永远不会回来了，他们以此念头让自己心里平衡。可正当他们坐下来吃晚餐的时候，突然听到马车夫的号角声，看到仁爱小姐珠光宝气、光彩照人地站在后门处——正是在那儿她把老婆婆领进家门。后来，精灵王国的马车驶走了，从此以后再也没有来过农场主的家。然而，仁爱小姐再也不用做洗刷的工作了，她变成了一位尊贵的女士，甚至在她骄傲的堂姐眼里也是如此。

讲到这儿，椅子不出声了。一位身着淡绿天鹅绒礼服的美丽姑娘从宾客中站起来，说道：

"那是我的故事！"

"母后，"念贝公主说，"如果我们能有几辆那样华丽的马车，

第六章
仁爱小姐

该多好！"

"是啊，女儿，还有那些黄金和珠宝！"索全王后答道。而得富国王说：

"除了昨天和前三天的故事，我从来没有听过这样的故事，自从我的兄弟智慧离开我，在森林中消失以后，就再也没有听过了。狂欢，我的第三侍从，去给这个小姑娘拿一顶深红色的天鹅绒帽子。"

随后，雪花接过帽子，向国王表示感谢，并向贵宾们屈膝行礼后，坐上奶奶的椅子，来到管家的会客厅。那天晚上，有人给雪花的毯子罩上了拼布被罩。第二天，雪花吃到了烤火鸡和烤肉。然而，宫殿里的盛宴照例在怨恨妒忌中继续举行，殿外的吵闹抱怨声甚至压过了音乐。晚餐刚一结束，国王就陷入了习惯性的沮丧情绪中。和往常一样，宴会厅中又传出一道圣旨，这次由大管家亲自告诉雪花，得富国王想要她和椅子去讲一个故事。于是，雪花穿戴上所有赏赐的礼物，包括那顶深红色帽子，来到大殿。雪花向众人屈膝行礼后，立刻说道："奶奶的椅子，请给我讲个故事吧。"

椅垫下又传来那个清晰的声音："请听渔夫言戾和文礼的故事。"

第七章

渔夫言戾和文礼

会讲故事的
魔法椅子

很久很久以前,西方海边上有个小村庄,村里只有低矮的棚屋,住的全是渔民。村庄四周是宽广的海滩,布满雪白的沙子。这里除了海鸥和鸬鹚,什么也看不到。潮起潮落,日夜不停,冬夏不休,将长叶缠结的海草冲到岸上。岸边没有任何港口,只能看见飘着白帆的船只从远方驶过。陆地上有一片绿草茵茵的开阔丘陵,住着农夫和放牧的牧民们。小村里的渔夫们知足常乐,认为自己生活富足,和该国的其他所有人一样。渔夫的家人们也从不奢求他们捕获过多的鲱鱼和鲭鱼。如果家里有多余的鱼,他们会去山丘上的乡村集市卖给内陆的人们,换些黄油、奶酪和玉米回来。

村里最好的渔夫是两位老寡妇的儿子。她们都只有一个孩子,恰巧还是邻居。两个孩子的名字都很简短,一个叫言戾,一个叫文礼。据我所知,他们之间没有任何亲戚关系。但是,他们共用一艘小船,总是一起出海捕鱼。他们的名字揭示了两人截然不同

第七章
渔夫言戾和文礼

的性情——文礼说话总是尽可能地委婉有礼；可言戾呢，他若没有朝人大吼大叫，就一定是在发牢骚、抱怨。

尽管两人性格迥异，相处却十分和谐融洽。两个渔夫的运气都不错，而且两人都身强体壮、机灵勇敢。在冬夜或夏日清晨，他们会驾船出海，驶向邻居们不敢去的远海，从不空手而归，捕获的鱼除了供自家食用以外，还有剩余的。母亲们都很为他们骄傲，但是方式有所不同——古语说得好"有其母必有其子"。文礼的妈妈认为，世上没人比她儿子更好；言戾则是他母亲在这个世上唯一不会责骂或抱怨的人。村里的人对这两位年轻渔夫的看法有分歧。一些人认为文礼最棒；另一些人则认为，要是没有言戾，文礼什么也捉不到。日子就这样一天天的过去，直到刚入冬的某一天，海天之间浓雾弥漫，空气寒冷刺骨，村里所有的渔夫们都出海捕鱼，言戾和文礼也出海了。

那天，两人没有往常的好运气。他们在常去的地方撒网，却捕不到一条鱼。邻居们却都满载而归。据言戾说，那些人回去的时候都在嘲笑他们。当海水在夕阳的照耀下变成深红色时，他们的渔网还是空的，两人也很疲惫。文礼不愿意两手空空地

回家——那会毁掉他们在村里的名声。而且此时，海面平静、夜空晴朗，所以，他们决定最后试一次。他们把船驶到更远的海域，在海面上一块嶙峋的灰色岩石边撒下了渔网。这块岩石被称为"人鱼宝座"——在久远的传说中，渔夫的父辈们曾在月光皎洁的夜晚见过人鱼坐在那儿。现在虽然没人相信这样的传闻，可村民们还是不喜欢在那儿捕鱼。据说那儿的水深不可测，而且经常遭到突如其来的暴风雨的侵袭。但彼时，言戾和文礼高兴地看到，从网绳的移动方式来看，渔网捕到了什么东西。当他们发现网里的东西十分沉重，需要他们竭尽全力才能拉上来时，他们就更高兴了。可当他们把渔网拖到人鱼宝座上时，满腔的欣喜变成了失望，因为网里除了几条快要饿死的鲭鱼之外，只有一条奇形怪状的丑鱼，有文礼那么长（文礼比言戾高），大嘴长须，皮肤上长满了刺。

"这东西丑得吓人！"言戾说道。两人把怪鱼从渔网里抖到岩石上，捡起鲭鱼放在一块儿。"我们不必在这儿捕鱼了。我们在外面待到这么晚，却只带这么点儿回家，村里的人不知要怎么笑话我们！"

第七章
渔夫言戾和文礼

"再试一试吧。"文礼一边说，一边把装鲭鱼的鱼篮放进小船。

"今晚我不会再撒网了。"言戾还想再说点什么，却被那条大鱼打断了。大鱼将他们上下打量一番，说道：

"我想，你们认为不值得将我放到那艘脏船上带回家。但是，我要告诉你们，如果你们去到我的国家，你俩都不配和我同行。"

听到大鱼开口说话，言戾和文礼惊恐失色。言戾吓得一个字也说不出来。这时，文礼以他惯有的方式回答道：

"尊贵的爵爷，我们真心请求您的原谅。我们的船的确太小了，装不下您这样的鱼。"

"你叫我爵爷，叫得对，"大鱼说，"因为我的确是一位爵爷，虽然我穿成这样，很难期望你们能够明白我的身份。现在，我必须回家了，帮我离开这块岩石吧。因为你以礼相待，我愿意把女儿嫁给你，如果十二个月后的今天你到这儿来找我的话。"

文礼在惊恐之下，尽可能恭谦地帮助大鱼离开了岩石。言戾被整件事情吓得惊惶失措，在他们安全到家之前，他都一言不发。可从那天起，当他想要贬低文礼的时候，常常对文礼和他母亲说，

会讲故事的
魔法椅子

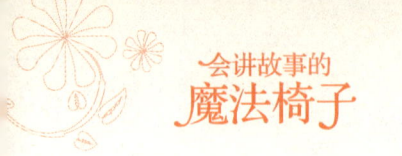

文礼只能娶丑鱼的女儿做妻子。

言戾的母亲从她儿子那儿听说了这个故事，然后告诉了整个村子。有些村民对此表示怀疑，可大部分人把它当成一个有趣的笑话。文礼和母亲从不生气，可这件事却让他们心里很不舒服。文礼的母亲建议她儿子不要再和言戾一起捕鱼。小船是言戾的，所以文礼从一位渔夫那里要了一艘原本要被拿来做柴火的破旧小船，简单修补一番后，用来捕鱼。

整个冬季，文礼就驾着这艘单人小船独自出海；在接下来的那个夏季，也是如此。虽然他勇敢聪明，可因为船太破，捕获很少——除了他母亲，其他人都开始改变想法，认为他蠢笨无用。言戾有艘好船，他又找了一个新的同伴，大家称赞他是最好的渔夫。

夏天一天天过去了，可怜的文礼心情越来越低落。那片海岸的鱼日渐稀少，渔夫们不得不驶向更远的海域。一天傍晚，文礼辛苦工作了一天，却毫无所获，心想，他也要到更远的海域去捕鱼，到人鱼岩石边碰碰运气。那天海面平静，夜空晴朗。十二个月前的今天，大鱼和他交谈，此后给他带来无穷麻烦，可文礼不记得这个日子了。当他驶到岩石附近，太阳正要下山，文礼惊讶

第七章
漁夫言灰和文礼

地看到岩石上有三位美丽的女士，穿着海绿色的礼服，金色的长发上戴着一圈大珍珠。其中的两位正向他招手，文礼从来没有见过这样高大华美的女士。可当他走近后发现，她俩脸上没有一丝血色，而且她们的头发有种奇怪的蓝色阴影，像深海里的水一样，她们眼睛里闪着炽热的光芒，让他感到害怕。第三位女士身材娇小一些，她丝毫没有注意到文礼，她正目不转睛地注视着落日。虽然她神情忧伤，文礼却看到她脸上有淡淡的玫瑰色，而且她头发金黄，眼神温柔清澈，就像文礼的母亲。

"欢迎！欢迎！尊贵的渔夫！"两位女士大声叫道，"父亲派我们来迎接您。"她们带着那位身材娇小的女士，轻轻一跃，跳进了文礼的小船。这时，身材娇小的女士说道："噢，明亮的太阳，灿烂的天空，多么难得一见啊！"文礼只听到这些，因为他的船正往深海里下沉，他以为自己快被淹死了。可一位女士抓住他的右胳膊，另一位抓住左胳膊，把他拖进了一个岩洞口，那儿没有水。他们继续往下走，一直向下，就像在陡峭的山坡上下行。岩洞很深，当他们走到底部时，洞穴变宽敞了些。文礼看到一丝微弱的光芒，他和美丽的同伴们走出洞穴，

第七章
渔夫言戾和文礼

来到了海底民族的领地。在这片土地上没有任何花草树木，地面上铺满了色彩艳丽的贝壳和鹅卵石，还有大理石山和晶石岩。头顶是一片清冷的蓝色天空，没有太阳，只有一道如秋月般透澈的银色光亮。文礼没有看到烟囱，只看到晶石岩中凿有人工洞穴，大理石山中有礼堂。这里就是海底民族居住的地方——他们就是老故事里所说的，在纯朴久远的时代，渔夫和水手常在人迹罕至的海角遇到的人鱼。

　　人鱼们从四面八方围过来看这个陌生人。人鱼先生们长着长长的白色胡须；人鱼小姐们和渔夫同来的女士长得一样，都穿着海绿色的衣服，戴着珍珠链子。可是，每个人脸上都没有一丝血色，眼睛里都闪烁着狂热的光芒。美人鱼领着文礼走上一座大理石山，进入一个巨大的洞窟，这里的大殿和房间如同皇宫一般富丽堂皇：雪花石膏铺成的地板，斑岩砌成的墙壁，珊瑚镶饰的天花板。宫殿里点着数千盏水晶灯，还有闪亮晶石凿成的桌椅，很多人正坐在那里用餐。然而，最让文礼惊讶的是，那数不清的水杯、酒壶和酒杯，全部是用黄金或白银制成，形状各异，款式繁多，好像世界各地的都汇聚在此。主厅里有一把豪华气派的椅子，

上面坐着一位人鱼，身上戴的珠宝比周围的人都多。美人鱼将文礼带到他面前，说道：

"父亲，我们的客人来了。"

"欢迎，尊贵的渔夫！"人鱼大声说道。文礼想起了这个令他害怕的声音，这正是那条大丑鱼的声音。"欢迎来到大殿！坐下和我们一起用餐吧，待会儿从我的女儿中选一个做你的新娘。"

文礼一生中从未经历过这样惶恐不安的时刻。他怎样才能回家，回到母亲那里？要是天黑后他还没有回家，母亲会怎么想呢？此时什么言语都没有用——文礼有足够的智慧看清这一点，因此他试着泰然接受。谢过人鱼的邀请后，他坐在人鱼右侧给他指派的座位上。在海上度过这漫长的一天后，文礼饥肠辘辘，可桌上的食物丝毫不能引发他的食欲。他面前放着各种鲜肉美酒，盛在华美的金碗中，都是他从来没有品尝过的美味珍馐。虽然他很饿，可他觉得桌上所有的食物都有海的腥味，难以下咽。

就算是拥有无数土地、城堡的贵族，也不会比渔夫享受到更好的款待。两位美人鱼坐在他旁边——一位为他布菜，一位为他斟酒。可是，个子最小的那位女士趁大家不注意，偷偷地看他，

第七章
渔夫言庆和文礼

眼神里好像有警告的意味。文礼很快结束了用餐，接着，人鱼带着他参观洞穴里各种华丽的陈设。大厅里人山人海，有的在用餐，有的在跳舞，有的在玩各种各样的游戏。每个厅里都堆满了难以计数的金银器皿。当人鱼带他来到一个大理石房间，琳琅满目的宝石让文礼惊愕不已：有超出渔夫想象的大钻石，有任何潜水者都没见过的大珍珠，还有会震撼全世界珠宝商的绿宝石、蓝宝石和红宝石。这时，人鱼说道：

"这些是我大女儿的嫁妆。"

"谁娶了她可真幸运！"文礼说，"王后的嫁妆也不过如此。"可是，人鱼又带着他来到另一个房间，里面堆满了不计其数的金币，仿若把不同时代世界各地的金币都汇聚在此，历代国王的肖像和题字在上面都能找到。这时，人鱼说道：

"这些是我二女儿的嫁妆。"

"谁娶了她可真幸运！"文礼说，"公主的嫁妆也不过如此。"

"你可以这么说，"人鱼答道，"想想清楚你到底要娶谁。第三个姑娘没有任何嫁妆，因为她不是我的女儿，你看，她只是一个贫穷愚蠢的姑娘，我们出于可怜才收养的。"

会讲故事的魔法椅子

"确实如此，尊贵的爵爷，"文礼已经做出了决定，"对于我来说，您的两个女儿太富有太高贵了，我高攀不上。因此，我选第三位姑娘，她的贫困和我这个穷渔夫的生活状况正好相配。"

"如果你选了她。"人鱼说道，"你必须等很久才能跟她结婚。我自己的女儿都还没有结婚，我可不允许这么一个下等女孩先结婚。"他又滔滔不绝地劝说了很久，可文礼不愿改变决定。于是，他们回到大殿。

渔夫对什么都不再感兴趣了，然而，每个人都在仔细观察着他。不管他走到哪里，主人和宾客都盯着他，虽然他已经用能记得的妙语佳句称赞了他们所有华丽的陈设。还有一件奇怪的事情——人鱼们一直在寻欢作乐、享受盛宴，没人看起来有疲倦的迹象，也没人想要睡觉。可文礼却疲倦不堪，眼睛都睁不开了，于是他躺在一张大理石椅上睡着了。不知究竟过了多长时间，宴会和舞会一直没有停歇，洞内灯火通明，而洞外月光清冷。文礼多希望回家和母亲相聚，还有他的渔网和破船。捕鱼比这永不停息的宴会轻松舒服多了，可是人鱼们除了参加宴会，什么也不干——晚上不休息，白天也不工作。

第七章
渔夫言戾和文礼

文礼不知道时间是怎么过去的。等他从漫长的睡眠中醒来后，他第一次看到宴会竟然结束了，人群消失了。灯火依然明亮，桌子和那些昂贵的器皿还摆放在空荡荡的大殿中。然而，这儿看不到一个人，也听不到任何声音，只听到外面的门边有个声音在低声唱歌。文礼走过去，看见那位眼神温柔的姑娘孤零零坐在那儿。

"美丽的女士，"文礼说道，"请您告诉我，为什么现在这么安静？那些快乐的人们到哪里去了？"

"你来自陆地，"姑娘说道，"对海底民族一无所知。他们一整年都不休息，只在圣诞节期间睡一次。到时，他们会走进洞穴深处，在那伸手不见五指的地方，一直睡到新年。"

"这真是个奇怪的风俗，"文礼道，"不过每个民族都有自己的生活方式。美丽的女士，既然我们注定要成为好朋友，请告诉我，这些美酒鲜肉，还有这些金银器皿，从何而来？你看，这儿既没有玉米地和羊群，也没有工人和技师。"

"海底民族是大海的继承人，"姑娘回答道，"所有在海里丢失的物品财宝都会落到他们手里。我不知道他们是怎么拿到这些东西的。我只知道，大殿的主人有七扇门的钥匙，他们从这七

扇门进出。其中有一扇门连接着一条海底通道，已经有二十一年没打开过了。人鱼爵爷喝醉后曾经说过，那条路通往陆地。好心的渔夫，如果你有幸得到他的欢心，能够打开那扇门，请让我和你一起出去吧。虽然我不记得我的国家，也不记得我的父母，可我知道我出生在有阳光照耀、青草生长的地方。我只记得，我乘着一艘大船出海，遇到暴风雨，船沉没了，除我之外其他人都淹死了。那时我还年幼，一位勇敢的水手把我绑在一块浮在海面的厚木板上，后来他也被冲走了。海底的人像大鱼一样，游过来围在我身边，然后我就跟着他们来到了这个虽富有却无趣的国家。有时，他们会带我到海上去看太阳，把那当作对我天大的恩赐。可那样的机会非常稀罕，因为他们不愿意让任何见过他们国家的人离开。渔夫，如果你有机会离去，请记得不要带走任何属于他们的东西，因为就算一个贝壳或一颗鹅卵石，都会让他们有魔力控制你的一切。"

"谢谢你告诉我这一切，美丽的女士，"文礼说道，"毫无疑问，你肯定是贵族的女儿，而我只是个穷渔夫。可是，现在我们陷入了相同的困境，就让我们交个朋友吧，说不定我们能找出

第七章
渔夫言戾和文礼

办法一起回到阳光照耀的地方。"

"你很有礼貌，"姑娘说道，"因此，我接受你的友谊。可我担心我们再也见不到阳光了。"

"美妙的言辞将我带到这儿，"文礼道，"也许它也能帮我回去。请相信，我不会扔下你独自离开。"

这个诺言让姑娘振作了起来。随后，她和文礼利用圣诞节参观了海底国家的各种奇观。他们在不同的洞穴之间闲逛，那些洞穴和大人鱼的洞穴别无二致。每个大殿中都是没有结束的筵席；桌上都摆满了昂贵奢华的器皿；在没有上锁的房间里，地板上的金银珠宝堆积如山。要不是姑娘的警告，文礼肯定会忍不住拿一些回去送他母亲。

此时，可怜的母亲以为儿子已经被大海吞没了，悲痛万分。文礼没有回来的第一个晚上，她去海边守望到天明。等到渔夫们再次出海，言戾发现文礼的小船在海上漂荡，就把船带回家，并告诉文礼母亲，那个愚蠢的年轻人肯定已经死了。他还说，没有小心谨慎的人照看，文礼怎么可能有更好的结局呢？

这番话让文礼的母亲更加悲痛，她不再期望能与儿子重逢。

会讲故事的魔法椅子

可是,每到晚上文礼以往回家的时刻,善良的老夫人在小屋里感到很孤独,就会迎着夕阳出门,到海边坐一坐。那年冬天,海边的天气刚好不太冷。圣诞节来临前的一天傍晚,村里的人都在准备庆贺,文礼母亲像往常一样坐在沙滩上。海潮渐渐退去,太阳慢慢下山,这时,东边来了一位身着黑衣的夫人,骑着一匹黑马,身后的侍女也穿着黑衣。那位夫人走近后说道:

"唉,我很伤心,为了我的女儿,也为了所有被大海吞噬生命的人!"

"是啊,尊贵的夫人,"文礼母亲说道,"我也为我的儿子伤心,我只有他一个孩子。"

听到这话,那位夫人下了马,坐到渔夫母亲身边,说道:

"请你听听我的故事吧。我来自东边国家最繁华的地方,先夫是一名大贵族。他去世后,给我留下一处美丽的城堡和一个女儿。女儿名叫诺真,她是我所有欢乐的源泉。可是,在女儿年幼的时候,一位有名的算命先生告诉我,我女儿会嫁给一个渔夫。我想,对于我们这样高贵的家族来说,那将是奇耻大辱。因此,我把女儿和保姆送上一艘大船,去往我亲戚居住的另一个城市。

第七章
渔夫言庆和文礼

我原本打算卖掉土地和城堡之后，立即随之前往。可是，船沉没了，我女儿淹死了。我同我的好侍女可信走遍世界，每到一处海岸，都和那些在海里失去了亲朋好友的人们一起哀悼。可有些人渐渐忘掉了他们的悲伤，再也不愿和我一起追思亲人了；有些人尖酸刻薄，嘲笑我说，我的悲痛对他们来说毫无意义。可你举止有礼，我要留下来陪你，不管你的住处多么简陋。我的侍女带的金币足以支付我们所有的费用。"于是，悲伤的夫人和侍女可信跟着文礼母亲回家。夫人不再独自一人沉浸在自己的悲痛中，因为她听到文礼母亲说：

"噢，如果我的儿子还活着，我再也不会让他驾着小破船出海！"

黑衣夫人回应说："噢，如果我的女儿还活着，我再也不会认为让她嫁给渔夫是耻辱！"

圣诞节到了，西部的人们像往年一样欢庆节日——牧民们在丘陵上纵情狂欢，渔民们在海滨尽情欢乐。当陆地上所有的庆祝活动结束、圣诞钟声停止后，海底民族醒来了，继续他们的宴会和歌舞。那位人鱼爵爷好像完全丧失了记忆，他又带着文礼参观

137

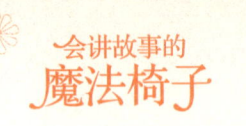

了装满金币和珠宝的房间，建议他在两个女儿中选一个做妻子。可渔夫仍旧答复说，两位女士太高贵太富有，他高攀不上。然而，当文礼看着闪闪发光的金银珠宝时，他不禁想起了自己贫穷的乡村，忍不住说道：

"要是我的老邻居们能到这儿来，他们会多么高兴啊！"

"你真的这样想吗？"人鱼说道，他一直盼望着访客的到来。

"是的。"文礼答道，"我的邻居们住在陆上西边。他们只要看到这些财富的一半，都很难再把他们送回家了。"说到这儿，诚实的渔夫想起了言戾和他母亲。

听了这些话，人鱼喜出望外，心想，看来有希望让很多陆地上生活的人们到海底来。他又想了一会儿，对文礼说道——

"如果你带上一些珠宝回到陆地，告诉你那些穷邻居们我们十分欢迎他们的到来，你猜想会怎样？"

听到有望回到自己的家乡，文礼满心欢喜，可他曾许诺不会扔下那位姑娘独自离开，于是，文礼深思熟虑一番后回答道——当然，他说的也是事实：

"尊贵的爵爷，非常感谢您挑选我这样身份低微的人来为您

第七章
渔夫言戾和文礼

传信。可是，至少要有两人作证，西边的人们才会相信。如果您允许我选作妻子的那位可怜的姑娘陪我一起去，我想，他们会相信我们的话。"

人鱼一言不发。他的臣民们听完文礼的话后，认真讨论起来，最后，他们确信，只要听闻这些惊人的财富，整个西边的人们都会下来。于是，他们向爵爷请愿，要求委派文礼和那个穷姑娘上去传送消息。

这个事情看起来符合众人的意愿，人鱼便准许了。可他下定决心要让两人回来，于是，他从装满珠宝的房间中随手拿了一些最大的珍珠和钻石，说道：

"带上我的礼物吧，让西方国家的人们看看我是怎样招待客人的。"

文礼和姑娘收下礼物后说道：

"噢，尊贵的爵爷，您太慷慨了。我们别无他求，只希望让陆上的人们知晓您的富贵尊荣，那是我们的荣幸。"

"告诉所有的人，只要他们到这里来，就能得到这样的礼物。"人鱼说道，"跟着我的大女儿去吧，她有通往陆地大门

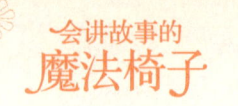

的钥匙。"

文礼和姑娘跟着美人鱼穿过一条弯弯曲曲的走廊，从主宴会厅走到大理石山深处。四周黑灯瞎火，一片漆黑。走到长廊尽头，有一扇巨大的石门，开门的时候，铰链嘎吱作响，像打雷一样。门外是一个狭窄的洞穴，倾斜而上，仿佛陡峭的山坡。这个洞很长，文礼和姑娘都以为自己永远走不到地面了。可最终，他们看到了一束微弱的光亮，而后又看到了一线湛蓝的天空。美人鱼命令他们弯腰爬过地上的一丝缝隙，而后，两人就站在宽广的海滩上了。此时，天刚破晓，海水正在迅速退潮。

"愿你们和西方的人们共度美好时光，"美人鱼说道，"如果有人愿意到海底来作客，请告诉他们，在清晨或傍晚退潮的时候来这里，就在涨潮时的最高点和退潮时的最低点中间的这个位置。只要叫三次'海里的人'，我们就会出来给他们领路。"

没等两人回应，美人鱼已经沉下去消失了。地上看不见任何痕迹，只有松软的海沙和贝壳。

"现在，"姑娘对文礼说道，"我们又见到了天空，我们再也不会回去了。在太阳升起之前，赶紧把人鱼送的礼物扔掉吧。"

第七章
渔夫言戾和文礼

说完，她拿起装着珍珠钻石的口袋，用尽全力投进了大海。

从来没有哪样东西像这个珠宝口袋一样让文礼难以割舍。可他心想，最好还是以姑娘为榜样跟着做吧，也把他的口袋扔进了大海。尔后，他们觉得自己好像听到水下传来一声长叹。就在这时，文礼看到母亲的烟囱开始冒烟了。他带着那位身着海绿色礼服的美丽姑娘，向母亲的小屋飞奔而去。

那天早上，整个村子都被两位母亲的喊叫吵醒了。"欢迎回家，我的儿子！""欢迎回家，我的女儿！"那位哀伤的夫人认出，渔夫带回来的姑娘就是她失踪多年的女儿诺真。邻居们也都围过来听他们讲述自己的经历。听完之后，大家都称赞文礼在艰难困苦中展现出的聪明机智，只有言戾和他母亲不以为然。他们一直在抱怨文礼丢掉了这个让自己和全村发财的宝贵机会。后来，当多次听闻人鱼的财富后，言戾和他母亲再也不愿留下来了。没有人能劝阻他们，他们也不听文礼的指引，言戾就这样带着母亲驾船出海，驶向人鱼宝座。此后，他们再也没有回过小村。有的人说，他们到了海底和海里的人一起生活；还有的人说——不知道他们从何得知——因为言戾和他母亲总是满腹牢骚，海里的人

141

也受不了他们了，就把他们和船一起赶到远海去了。没人知道他们最终选择在哪里登陆。据说，到处都能见到他们的身影。如果他们在这里的宾客中，我也不会觉得奇怪。至于文礼，他和诺真结了婚，成为了一位贵族。

讲到这儿，椅子不作声了。两位身着海绿色绸缎、头戴珍珠王冠的人站起来，说道：

"那是我们的故事！"

"噢，母后，"念贝公主说，"如果我们能到海底国家去，该多好！"

"我们把所有的财宝都带回来！"索全王后答道。

"除了昨天的故事和之前的四个故事，我从来没有听过这样的故事。自从我的兄弟智慧离开我，在森林中失踪以后，就再也没有听过了。"得富国王说道。"备缰绳，我的第二侍从，起来去给这个小姑娘拿一件紫色的天鹅绒披风。"

随后，披风拿来了，雪花谢过国王，坐上奶奶的椅子退下。那天晚上，小女孩就留在了最低宴会厅，国王安排她留在那儿和大家一起用餐；餐后，在紧邻大厅装有木质墙板的寝宫休息。毫

第七章
渔夫言戾和文礼

无疑问,她受到了众人的盛情款待。有人听到得富国王说,如果没有雪花奶奶的椅子和它讲的故事,他都不知怎么度过这七天盛宴。第二天是七日盛宴的最后一日,宫殿里比往日更热闹,音乐愈加欢快,菜肴愈加丰盛,呈上的美酒也愈加稀有罕见。然而,宫殿外的抗议声越来越大,宫殿内的争执和嫉妒之火也越烧越旺。

这些事情可能影响了得富国王的情绪,他比以往更早陷入了沮丧情绪中。晚餐后,国王情绪更加低落,于是,一道圣旨从最高宴会厅传出,由斟酒的人传给雪花,让她带上椅子去大殿,因为国王又想听故事了。

于是,小姑娘穿上她所有华丽的服饰,从红鞋子到紫披风,坐上椅子来到大殿。她看起来像个公主,所有的宾客都站起来欢迎她。雪花向众人行礼后,低下头靠在椅垫上,说道:"奶奶的椅子,请给我讲个故事吧。"

椅垫下又传来那个清晰的声音:"请听乐知和小提琴的故事。"

第八章

乐知和小提琴

会讲故事的
魔法椅子

很久很久以前，北方生活着一对贫穷的夫妇，他们有两块玉米地、三头牛、五只羊和十三个孩子。其中十二个孩子的名字在北部乡村中很常见——傻瓜、歪脖、笨手，诸如此类。可是，在给第十三个孩子起名字的时候，这对穷夫妇脑子里面只想着一个名字，或者说孩子的相貌让他们觉得只有一个名字合适——他们叫孩子乐知。邻居们都觉得这个名字很奇怪，认为他们的身份根本不配起这样的名字。然而，夫妻俩并没有在其他方面表现出傲慢的样子，邻居们就不再计较了。一年又一年，十三个孩子越长越高越长越壮，夫妻俩要十分努力地干活才能养活他们。当最年幼的孩子长到能帮父亲照料羊群的时候，刚好赶上当地举办一个盛大的集市，因为这个集市每七年才在仲夏举办一次，北方所有的人都会参加。集市的地点既不在城里也不在乡下，而是在一碧千里的莽莽平原上，这片平原位于一条宽广的河流和一座巍峨的高山之间。据说，在充满欢乐的远古时代，精灵们常常在那座山

第八章
乐知和小提琴

上跳舞。

　　各个行当的商人从四面八方蜂拥至此。人们所知晓的一切商品都能在集市上找到。不论男女老幼，如果没买到东西，谁也不愿意回家。那个穷爸爸要供养这么大一家子，没什么钱供大家在这种场合消费。可是，这个集市七年才举办一次，他也不愿显得过于穷酸。因此，他把孩子们叫到身边，打开装着他所有积蓄的皮包，给了十三个孩子每人一个银便士。

　　孩子们的口袋里从来没有装过这么多零用钱，他们一直在琢磨要买些什么东西。随后，他们穿上过节才穿的衣服，跟着父母来到集市。在那个仲夏的早晨，当他们走到集市附近时，货摊上已经堆满了琳琅满目的商品，有姜饼，有游玩野餐用的帐篷……集市上还有木偶戏和走钢索表演。人群中有相熟的邻居，也有很多陌生人，都穿着他们最好的衣服。看到这样的场景，这些纯朴的人们觉得他们北部的集市是世界上最壮美的景观。看看稀奇，和老朋友们聊聊天，一天就这么过去了。在那个年代，银便士能买多少东西啊。不过，在夜晚来临之前，十二个孩子已经把钱花光了。一个买了一对铜扣环，一个买了一条红色缎带，还有一个

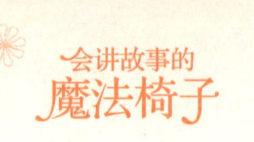

买了绿色吊袜带……爸爸买了一个烟斗，妈妈买了一个牛角制的鼻烟壶。总之，除了乐知，每个人都在集市上买到了东西。

乐知没有把口袋里的那个银便士花掉，因为他打定主意要买一把小提琴。集市上有各种各样的小提琴——大的小的，素色的，彩绘的。他都看过了，大部分也问过价格，可是没有一把小提琴的价格在一个银便士之内。父母提醒他快点儿买，因为路途遥远，他们必须在太阳落山之前回家。

太阳慢慢下山了，红色的霞光洒满山坡。集市上人群渐渐散去，很多商人已经收摊离开了。在高山边上有个青苔茸茸的山谷，那里是集市的外围，乐知心想他可以去那儿看看。他看到第一个货摊上在卖小提琴，摊主是一位远道而来的年轻商人，他的商品崭新精美，因此有很多顾客。旁边坐着一位头发灰白的小个子男人，那天他遭到了所有人的嘲笑，因为他的摊位上只有一把又旧又脏的小提琴，而且所有的琴弦都断了。可小个子男人正襟危坐，大声吆喝："卖小提琴咯！"好像那是集市上最好的物品。

"少爷，要买小提琴吗？"乐知走过来的时候，他问道，"你可以用很便宜的价格买下它，我只要一个银便士。只要把弦修好，

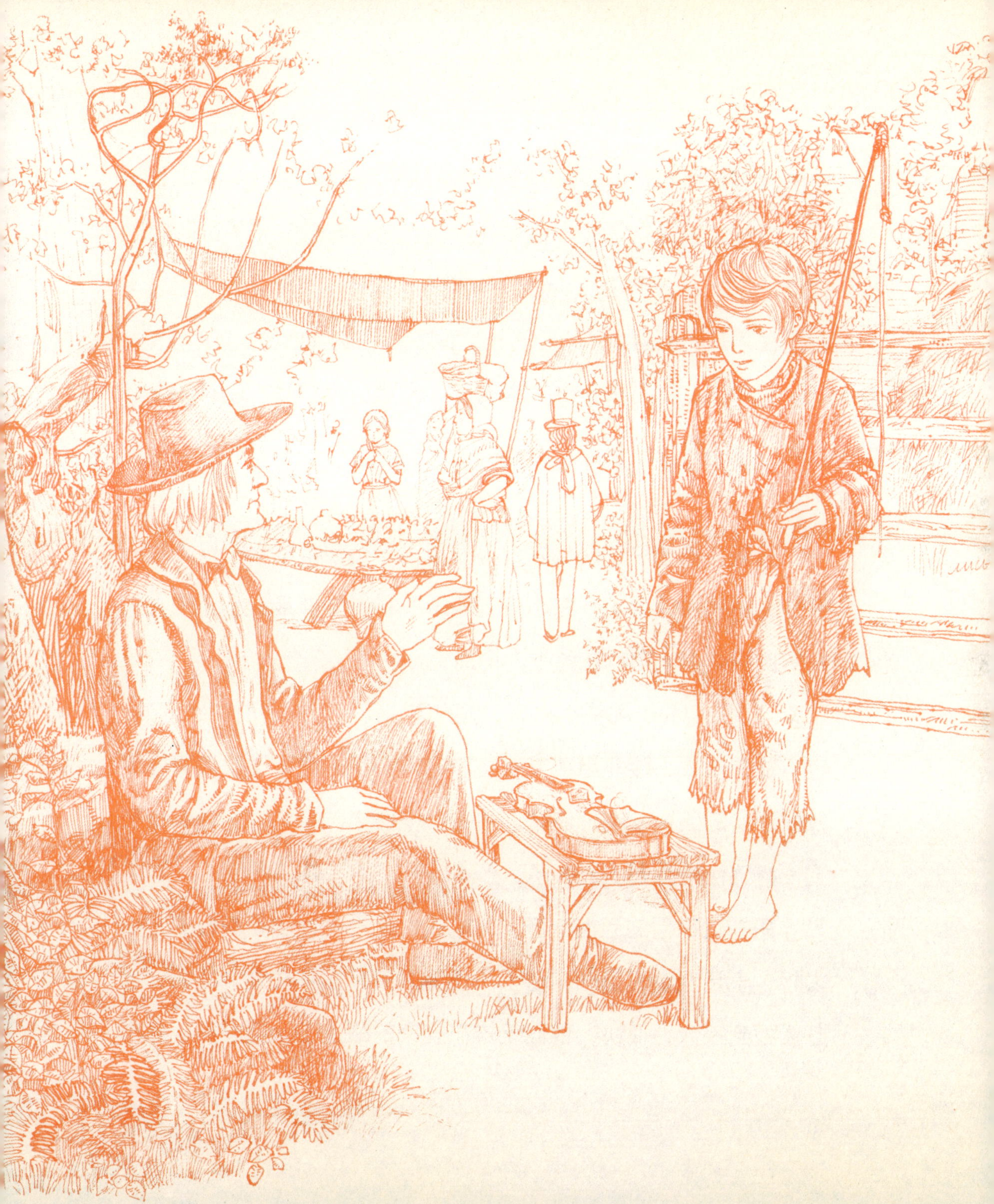

整个北方都找不到这么好的琴。"

乐知心想，这笔买卖很划算，他手巧，看管父亲羊群的同时就能把弦修好。于是，银便士落在小个子男人的摊位上，小提琴就架在乐知的胳膊上了。

"少爷，"小个子男人说道，"你看，我们商人还有些事情要处理，如果你帮我把货摊收好，我会告诉你一个与那把小提琴相关的奇妙的事情。"

乐知生性善良，而且好奇心很重，于是他帮小个子男人用一根旧绳子把未固定安装在小摊上的木板和棍棒绑紧。小个子男人把货摊像柴把一样扛在背上，说道：

"少爷，关于那把小提琴，它的琴弦肯定是永远没法修好的，也不能换新弦，除非用在夜晚纺纱的人们织的线来换。如果你能找到那样的线，它的价值就远不止一个便士。"说完，他像条灰狗一样飞快地跑到山上去了。

乐知觉得他的话很奇怪，可他天性乐观，习惯朝积极的方面去想，于是他说服自己相信小个子男人只是在开玩笑。随后，他赶紧找到家人，很快，他们就走在回家的路上了。到家后，每个

第八章
乐知和小提琴

人都展示了自己买的东西，乐知也把小提琴拿了出来。兄弟姐妹们都嘲笑他买了这样一个他根本不会弹奏的东西。姐姐们问他，在这些破弦上他能拉出什么曲子。父亲也说：

"你在安排第一个便士的花销上面显得太不明智了。从这件事来看，我担心你今后永远都赚不到什么钱。"

总之，除了乐知的母亲，每个人都嘲笑他买的东西。善良的母亲说，如果他把一个便士花在了不该花的地方，那他下一次可能就会安排得好一些；而且，说不定哪一天他的小提琴会有用呢。为了证明母亲的话是对的，乐知开始修补琴弦——他夜以继日，把所有时间都花在上面了。可是，小个子男人离开时说的那些话果真不假，任何修补都没有用，没有一根琴弦能固定在那把小提琴上面。乐知尝试了各种办法，心力交瘁，却徒劳无功。最后，他问起谁会在夜晚纺纱。对北边的人们来说，这个问题非常可笑，在下一次集市之前，他们都不再需要其他笑话了。

因为这件事情，没人再相信乐知了，不管在家里还是在外面。所有的人都断定他父亲的预言一定会应验；兄弟姐妹们认为他只配看管牧群；邻居们确信他长大后只会是个饭桶。可男孩还是不

会讲故事的魔法椅子

愿放弃小提琴,那可是他花了一个银便士买来的,而且因为最近发生的这些事情,他非常希望能修好琴弦。除了母亲之外,家里没人关心他,可母亲还有其他十二个孩子要照顾,因此,乐知决定把那些嘲笑都抛在身后,出去碰碰运气。

听到乐知的打算后,家人们并不难过,他们向来以他为耻。另外,十三个孩子少一个,还可以节省一些开支。父亲给了他一块大麦蛋糕,母亲送给他祝福,兄弟姐妹们祝他一切顺利,大部分邻居也祝愿他一路平安。尔后,在一个夏日清晨,乐知胳膊下夹着断了弦的小提琴出发了。

那个时候,北边还没有大路——人们喜欢哪条小路就走哪条。于是,乐知穿过曾举办集市的那片草地,爬上山坡,希望能碰见小个子男人,向他打听下夜晚纺纱者的事情。山脚到山顶遍布石南花,他爬到顶也没见到一个人。山的另一边陡峭险峻、岩石嶙峋,乐知艰难地向下攀爬,来到一处狭窄的幽谷,那里长满野荆豆和黑莓。他从来没有见过长着这么多尖刺的石南,可他从不轻言放弃,尽管衣服被划破、手被擦伤,他却始终坚持前行。最后,他终于走到了峡谷的尽头,看到前方有两

第八章
乐知和小提琴

条小路——一条蜿蜒伸向松树林,不知道有多远,可这条路看起来绿树葱茏,让人心情愉悦。另一条路崎岖不平、遍布石块,通往高山环绕的开阔山谷,虽然在这夏日傍晚天色还不晚,那条路上却已经浓雾弥漫。

长途跋涉后,乐知已经筋疲力尽,他站在那儿琢磨着该走哪条路。这时,通往山谷的那条路上走来了一位老人,三个北方男人加在一起才有他那么高大。他须发皆白,而且缠在一起像块破麻布一样披在身上,他的衣服是用麻袋布做的,他还背着一个沉甸甸的大筐,里面装着小山一样的尘土。

"听我说,你这个懒惰的流浪汉!"老人走到乐知身边说道,"如果你选择通向松树林的那条路,我不知道会发生什么;可是,如果你选这条路,你必须帮我背这个箩筐。我告诉你,这不是件轻松的差事。"

"好的,前辈。"乐知说道,"您看起来很累了,虽然没有您那么高,但我比您年轻些。所以,如果您乐意,我愿意走这条路,帮您背这个箩筐。"

他刚一说完,巨人就抓住他,用根结实的绳子把背篓的一边

会讲故事的魔法椅子

紧紧地捆在他肩上,绳子的另一边绑在自己背上。他们一起走在崎岖多石的路上,巨人不停地责骂乐知。那条路很难走,背上的担子又很重,乐知无数次希望能摆脱老人,可他没有办法脱身。后来,为了打发路上的时间,也让自己心情好点儿,他开始唱起歌来,唱的是一首母亲教他的古老歌谣。他们走进山谷的时候,夜幕已经降临,四周又黑又冷。老人停止了责骂。凭着一丝微弱的月光,乐知看到他们正站在一间废弃了的小屋旁边,小屋的门是敞开的,任凭夜风吹拂。老人停下来,把绳子从乐知和自己肩上解下来。

"四十九年了,"他说道,"我一直背着这个箩筐。可以前从来没人在帮我的时候唱歌。夜晚让所有的人得以解脱,我也放过你。你在哪儿睡——在我厨房火炉旁边,还是在这间冰冷的小屋里睡?"

乐知心想他已经受够了,不想再陪着老人了,于是回答道:

"我就在小屋睡吧,前辈,如果您允许的话。"

"那就祝你睡个好觉!"老人说着,带着箩筐走开了。

乐知走进那间废弃的小屋,皎洁的月光穿过门窗照进小屋,

第八章
乐知和小提琴

此时浓雾已经消散，夜晚看起来如同白天一样明亮。可是，整个山谷中没有一丝声响，小屋里面也没有住过人的迹象。壁炉看起来已经多年没烧过火了。屋子里一件家具也看不到。乐知又痛又累，在一个角落躺下，把小提琴放在身边，很快就睡着了。

地板很硬，衣服很薄。整个晚上乐知似乎一直听到甜美的歌声和纺车转动的声音。第二天清晨，当他睁开眼睛看到寂寞冷清的空屋子时，他以为昨晚自己是在做梦。美丽的夜晚过去了，浓雾再次四处蔓延。这儿看不到蓝天，也看不到明亮的太阳，日光清冷苍白，仿若隆冬时节。乐知吃掉一半大麦蛋糕，喝了点附近的溪水，就出了门，他想去看看山谷。

山谷里住满了居民，屋子里、农田里、磨坊里、铁匠铺里，到处都是他们忙碌的身影。男人们在打锤挖地；女人们忙着洗洗涮涮；就连孩子们也在辛勤干活。然而，乐知却听不到任何交谈声或笑声。每一张脸看上去都十分疲惫、忧郁，他们说的每一个字都和工作或收成相关。

乐知觉得这一切非常不合常理，因为这儿每个人看上去都很富足。洗刷的女人们穿着绫罗绸缎，种地的男人们穿着华美的红

衣。每个房间里都挂着深红的窗帘，铺着大理石地板，架子上摆着银制酒杯。可是，房子的主人们丝毫没有因此感到快乐安逸，每个人好像活着就是为了工作。

　　山谷中的鸟儿也不会唱歌——它们忙着啄食、筑巢。猫也不会躺在炉火边休息——它们都在监视着老鼠呢。狗自个儿出门找野兔去了。牛羊吃草的样子仿若下一口就再也吃不到了。牧人们都在劈柴或是编篮子。

　　在山谷中央有一座宏伟的城堡，城堡四周没有花园，只有酿酒坊和用以洗晒衣服的草地。城堡的大门是敞开的，乐知冒险走了进去。院子里都是制桶工人，宴会厅里有人在搅制奶油，桌台边有人在做奶酪，每一间卧室都有人在纺纱织布。在这座繁忙城堡最高的塔楼上，一位高贵的女士坐在窗边，她从那儿可以俯览整个山谷。她衣着华贵，衣服颜色却暗沉单调。她有一头铁灰色的头发，看起来十分乖戾阴郁。她周围坐着十二位神情相似的少女，她们正在古老的手工纺纱杆上干活儿。贵夫人和她们都在辛勤纺纱，所织的纱线全是深黑色的。

　　不管在城堡外还是城堡里，没人回应乐知的问候，也没人回

第八章
乐知和小提琴

答他的任何问题。有钱人拿出他们的钱包,说道:"来工作赚钱吧!"穷人们说:"我们没有时间说话!"就连路边的跛子也不愿意理睬他,因为他正忙着乞讨;村舍门口的一个小孩都说他必须去干活。一整天,乐知带着他那把断了弦的小提琴四处闲逛,他看到老巨人背着那沉甸甸的尘土在山谷中不停地绕圈。

"这是我见过的最沉闷的山谷!"乐知自言自语道,"这儿也没地方修补我的小提琴。可是,要是没有弄清楚到底什么事情让人们变成这样,他们是不是一直都这样拼命工作,我还不愿意走。"

此时,浓雾消散,月亮升起,又到晚上了。人们从四面八方赶回家。屋里田间一片静谧。在那间废弃的小屋旁,乐知又碰到了老巨人。

"前辈,"乐知说道,"恳请您告诉我,这个山谷的人们有什么游戏或消遣?"

"游戏和消遣!"老人暴怒,大声喊叫道,"你在哪儿听到这种东西?我们白天工作,晚上睡觉。在沉闷女士的土地上,没有游戏!"他强烈斥责乐知的懒惰轻浮,而后,又留下他独自一

会讲故事的魔法椅子

人在小屋休息。

那天晚上，男孩睡得不太熟。虽然他很困，睁不开眼睛，可他确信，整个晚上都有人在他附近唱歌、纺纱。他决心在离开山谷之前搞清楚这事的由来。于是，他吃掉另外半边大麦蛋糕，又喝了点溪水，就出了门。

浓雾再一次遮盖了太阳和天空。放眼望去，到处都是辛勤劳作的人们。老巨人背着尘土筐沿着固定的路线大步绕圈。乐知找不到任何人回答他任何问题。不论是富人还是穷人，想让他干活的愿望比前一天更迫切。乐知担心有人会强迫他干活，于是他向山谷的尽头走去。

那儿土地贫瘠，人迹罕至，没人在工作。四周都是灰岩峭壁，如同城堡护墙一样高耸险峻。那儿没有任何通道或出口，只有一扇大铁门，门上挂着一把沉重的大锁。旁边立着一顶白色的帐篷，门口站着一位高个儿独臂士兵，正在用长长的烟管抽烟。他是乐知在山谷中见到的第一个闲人，看起来还挺和善的。于是，男孩走上前深深地鞠了一躬，说道：

"尊敬的士兵，请您告诉我，这是哪儿？为什么人们工作这

第八章
乐知和小提琴

么拼命？"

"你问这样的问题，是第一次来这儿吧？"士兵问道。

"是的，"乐知答道，"我是前天晚上来的。"

"那么，对不起了，你必须留在这儿了。我接到命令，任何人都可以放进来，但是一个人都不能放出去。山谷的另一个入口，由背着尘土筐的巨人日夜守着。"士兵说道。

"这真是个坏消息，"乐知答道，"既然我已经在这儿了，请您告诉我为什么会有这样的规定？这个山谷究竟发生了什么事情？"

"帮我拿着烟管，我来告诉你。"士兵说道，"其他人都不会有时间跟你聊这些。那边城堡的主人是这个山谷的领主。这七七四十九年来，人们一直叫她沉闷女士。她年轻的时候有另外一个名字——无忧小姐。那时，这个山谷是整个北方最漂亮的地方。这儿阳光明媚、夏日悠长。山上有精灵跳舞，树上有鸟儿欢歌。世界上最后一位巨人壮臂守护着松树林，到了圣诞节，他不在太阳下睡觉的时候，也会在林中砍些圣诞树。晚上，两位身着白衣的美丽姑娘背着银制纺车，走访每间小屋，在壁炉边纺织金线。人们穿着自家织的衣物，用牛角喝水。生活虽然简朴，却非常快

会讲故事的魔法椅子

乐。他们在五月举办游玩活动，秋收的季节组织家庭聚会，也会在圣诞节举行欢庆活动。牧人们在山坡上吹笛，收割庄稼的农夫们在田间唱歌。到了晚上，每间屋子里都闪着火红的炉光，充满了欢声笑语。可是，四十九年前的一天，一切全变样了，没人知道什么原因，知晓原因的老人们都已经去世了。有人说，那是因为无忧小姐手上的魔戒掉了；有人说，那是因为城堡庭院中间的喷泉枯竭了。不管什么原因，总之，无忧小姐变成了沉闷女士。所有的人开始拼命工作，山谷里一片萧条，到处雾气弥漫；精灵们离去了；巨人壮臂也衰老了，背上了沉重的尘土；所有的住处再也看不到夜里纺纱的姑娘了。据说，只有让沉闷女士放下手中的纺纱杆，跳起舞来，才能改变现状。然而，北方的小提琴家们弹奏最欢快的曲调，都无济于事。咱们这个国家的国王英明智慧，还是位伟大的勇士。他的财富装满了两个宝库，他也征服了所有的敌人。可是，国王却对沉闷女士领地上的状况束手无策。他甚至提出，只要有人能改变这里的状况，将得到难以计数的丰厚报偿，却仍然没有任何结果。国王担心类似的情况在臣民中像瘟疫一样蔓延，因此，他下令不管谁踏进山谷，就不许再出来了。国

第八章
乐知和小提琴

王在战场上将我俘虏,派我到这里看守大门,保护臣民免遭荼毒。要是我没带上烟斗,这个时候我肯定用我这仅剩的一只手臂和他们一样在拼命工作呢。小少爷,听我的话,学学怎么抽烟吧。"

"要是能把小提琴修好,我的情况会好些。"乐知说道。他坐下来和士兵继续聊天,直到浓雾消散,月亮升起。随后,他往回走,打算回到那间废弃的小屋休息。

当乐知走到小屋附近时,天已经很晚了。和浓雾弥漫的白天相比,洒满月光的夜晚多么美妙可爱。乐知心想,最好趁着现在逃离山谷。周围寂静无声,也没有巨人的身影。当他偷偷走近岔路口的时候,看到巨人正躺在松果燃起的篝火边沉睡,头下枕着箩筐,身旁放着一堆石头。"那就是他的厨房火炉吗?"男孩心想。他蹑手蹑脚地走过去,可壮臂突然站起来,抓起石头边追边骂,追到半路才停下来。

因为害怕,乐知一路飞奔,一直跑到小屋门口。他看到小屋的大门依旧是敞开的,月光洒进屋里。在没有火的壁炉旁边坐着两位美丽的白衣少女,正在银纺车上纺纱。她们一起唱着一首欢快美妙的歌曲,就像五月清晨百灵鸟的欢唱。乐知本打算整夜倾

听，可他突然想起她们就是在夜晚纺纱的人，她们纺的丝线能修好小提琴。于是，他勇敢地走上前，恭敬地说道：

"尊贵的女士，恳请你们给我这个可怜的男孩一根丝线，来修补小提琴的琴弦。"

"七七四十九年了，"美丽的姑娘说道，"我们每晚都在这间废弃的小屋里纺纱，从来没有见过一个人，也没人和我们说过一句话。你去山谷里捡些木柴回来吧，然后在这个冰冷的壁炉里为我们点上一堆火，作为酬谢，我们每个人会给你一根丝线。"

乐知带上他那断了弦的提琴，在月光的照耀下，走遍整个山谷找寻柴火。可是，沉闷女士领地上的人们干活太仔细了，一根柴火都找不到。直到月亮下山，浓雾再次弥漫，他才找到一小束柴把带回家。小屋的门还是敞开着的，美丽的姑娘和银纺车却都不见了。然而，她们刚才坐过的地板上放着两条长长的金丝线。

乐知先把柴火堆放在壁炉里，为她们晚上的到来作好准备。接着，他拿起了金丝线开始修小提琴。这时，他终于明白集市上那位小个子男人的话的确是真的，因为他刚用金丝线上好弦，它们就牢牢地固定在上面了。又脏又旧的琴身也瞬间发出耀眼的光

第八章
乐知和小提琴

芒，变成了金色。看到这情景，乐知欣喜若狂。虽然他从来没有学过音乐，他也试着弹奏起来。他刚把琴弓放在弦上，它们就自发地奏起了欢快美妙的音乐，就是那首夜晚纺纱人合唱的曲子。

"那些拼命工作的人们听到这首曲子，可能会停下来欣赏。"乐知自言自语道。于是，他带着小提琴出了门，沿着山谷前行。乐声响彻天空，忙碌的人们都听到了，沉闷女士的领地上出现了前所未有的景象：男人们停止了耕种，女人们停止了洗刷，小孩们放下了手里的工作。乐知和他的小提琴每到一个地方，那里的人都安静地站着倾听。当他来到城堡，制桶工人把工具扔在院子里，宴会厅里做奶油和做奶酪的人们停了下来，卧室里的织布机和纺车停了下来，沉闷女士手中的纺纱杆也停了下来。

乐知拉着小提琴穿过大厅，走上塔楼的台阶。当他走近后，夫人扔掉纺纱杆，尽情欢舞起来，侍女们也跟着起舞。跳着跳着，夫人又恢复了年轻时的容颜——她脸上的苦闷一扫而空，头发由灰白转为金黄。侍女们取来夫人年轻时常穿的白色和樱桃红相间的裙子。现在，她不再是沉闷女士，她又变成了无忧小姐，金色的头发，笑意盈盈的眼睛，还有夏日玫瑰一般的脸颊。

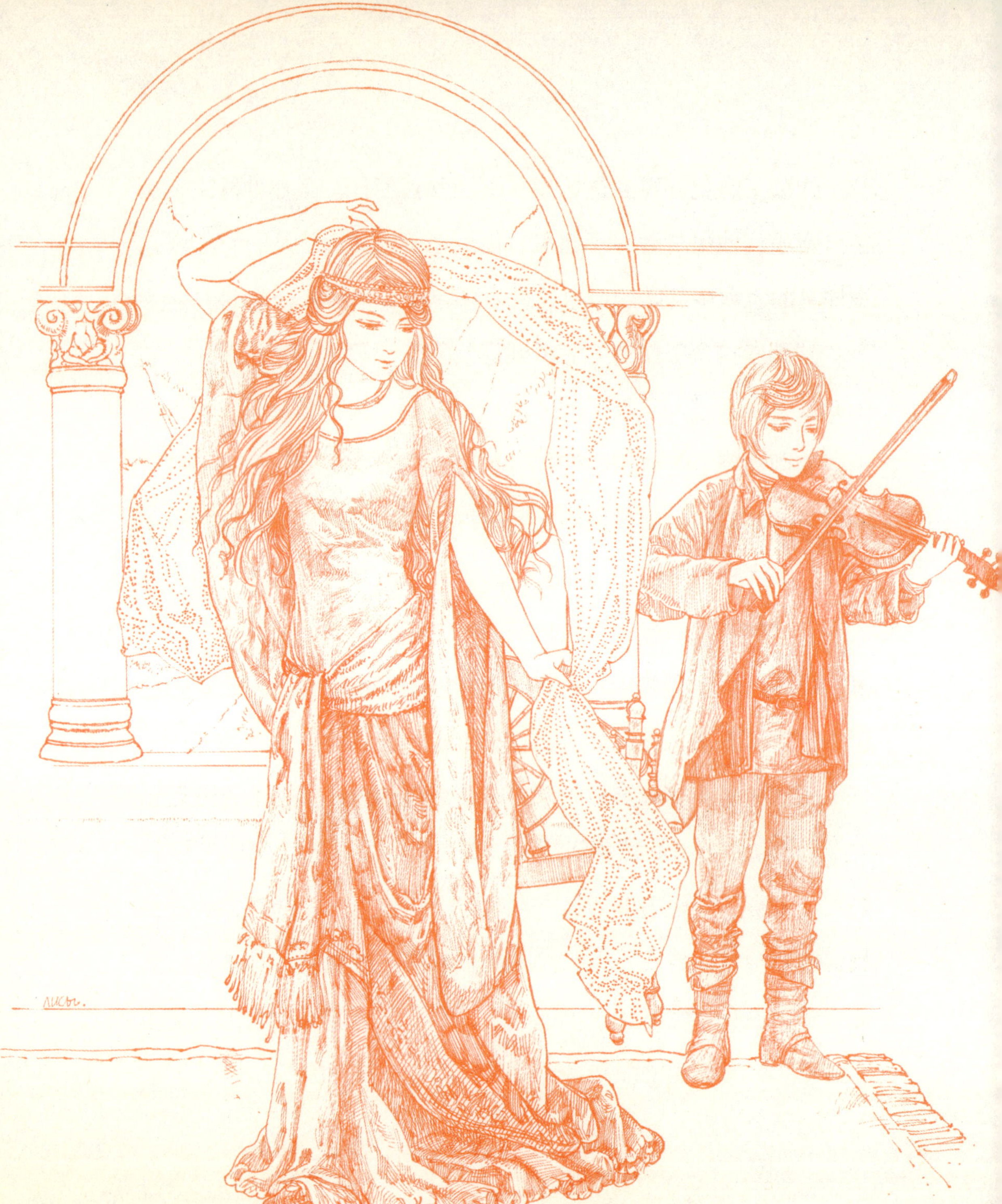

第八章
乐知和小提琴

　　随后，欢笑声响彻山谷。浓雾翻涌到山后消散了，明媚的阳光照耀大地，天空露出湛蓝，城堡庭院中涌出一股清澈的泉水。东边飞来一只白色的猎鹰，把嘴里衔着的金戒指戴在无忧小姐手指上。接着，壮臂挣断了绳子，扔掉了肩上装满尘土的箩筐，躺在阳光中睡着了。那天晚上，精灵们在山顶跳起了舞；夜晚纺纱的人们不再待在废弃的小屋，她们带着银纺车，出现在每家每户的壁炉旁。所有的人都称赞乐知和他的小提琴。国王听说他能弹奏出奇妙的音乐后，下令拆除铁门，释放了那个被俘的士兵，并提拔乐知为第一提琴师，让他成为一人之下万人之上的权贵。

　　当乐知的家人和邻居们听说小提琴为他带来的富贵尊荣，都觉得音乐是个好东西，不管男女老幼，都开始学习演奏小提琴。据说，除了乐知的母亲，他们连一首简单的曲子都没有学会。此外，还听说乐知送给母亲许多贵重的礼物。

　　讲到这儿，椅子不作声了。一位宾客站起来，他穿着绿色和褐色相间的天鹅绒衣服，手里拿着一把金提琴，说道：

　　"那是我的故事！"

　　"除了昨天的故事和之前的五个故事，"得富国王说道，"我

会讲故事的
魔法椅子

从来没有听过这样的故事。自从我的兄弟智慧离开我,在森林中失踪以后,就再也没有听过了。吉利,我的第一侍从,去给这个小姑娘拿一条金腰带。既然雪花奶奶的椅子能够讲述如此美妙动听的故事,雪花也不应再和下人们一起了,就留在主宴会厅和我们一起用餐吧,晚上就在宫殿里最好的房间休息。"

第九章

智慧王子归来

会讲故事的
魔法椅子

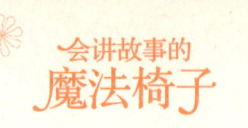

听到能够和椅子讲述的故事中出现过的那些大人物们一起用餐,雪花满心欢喜。她行了一个比往常更深的屈膝礼,发自肺腑地感谢了国王。宾客们也高高兴兴为她让出一个座位。当雪花系上金腰带后,她看上去和宾客中身份最高贵的人一样美丽。

此时,念贝看上去满腔怨恨,都快要哭闹出来了。可她小声说道:"母后,看看这个低贱的小女孩,她来的时候衣衫褴褛,还光着脚,可现在,就靠那把会讲故事的椅子,她得到那么多华丽的服饰和大家的喜爱!宫里的人都赞美她,完全忽略了我,可是,这场宴会是为庆祝我的生日举办的呀!母后,我一定要得到她那把椅子。她这样一个粗野的小女孩,要这么奇妙的东西有什么用?"

"去吧,我的女儿。"索全王后答道——她看到得富国王这时已经像往常一样在王座上睡着了。于是,王后召来两个侍卫,强交和硬手,命令他们走到宴会厅另一头雪花坐的地方,把椅子抢过来,直接送给念贝公主做礼物。

第九章
智慧王子归来

宫里没人敢违抗王后的命令，可怜的雪花只有坐在角落哭泣。此时，公主摆出一副自命不凡的架势，把头靠在椅子坐垫上，说道：

"奶奶的椅子，给我讲个故事。"

"你哪儿来的奶奶？"椅垫下面传出一个声音大喝道。随后，椅子弹起来，用力把念贝公主甩到地上。公主躺在那儿高声尖叫，她并没有受伤，只是恼羞成怒。

朝臣们试图安抚她，可毫无用处。索全王后的脾气更糟糕，她发誓要惩罚椅子的放肆无礼，于是她召来樵夫长——强健，命他用斧头把椅子砍烂。

斧头一砍下去，就把椅垫劈开了，从里面飞出一只小鸟，让所有的人目瞪口呆。小鸟全身的羽毛雪白，尾巴是紫色的，它从一扇敞开的窗户飞走了。

"抓住它！抓住它！"王后和公主叫道。除了还在王座上熟睡的得富国王，所有的人都跟着小鸟跑出去了。小鸟飞过御花园，飞进了一块荒废的公共用地。这块公共用地上以前建有房屋，后来为了寻找金矿，索全王后下令推倒房屋，可她一无所获，只留下三个大深坑。为了让宫殿在宴会期间看起来体面些，这三个坑

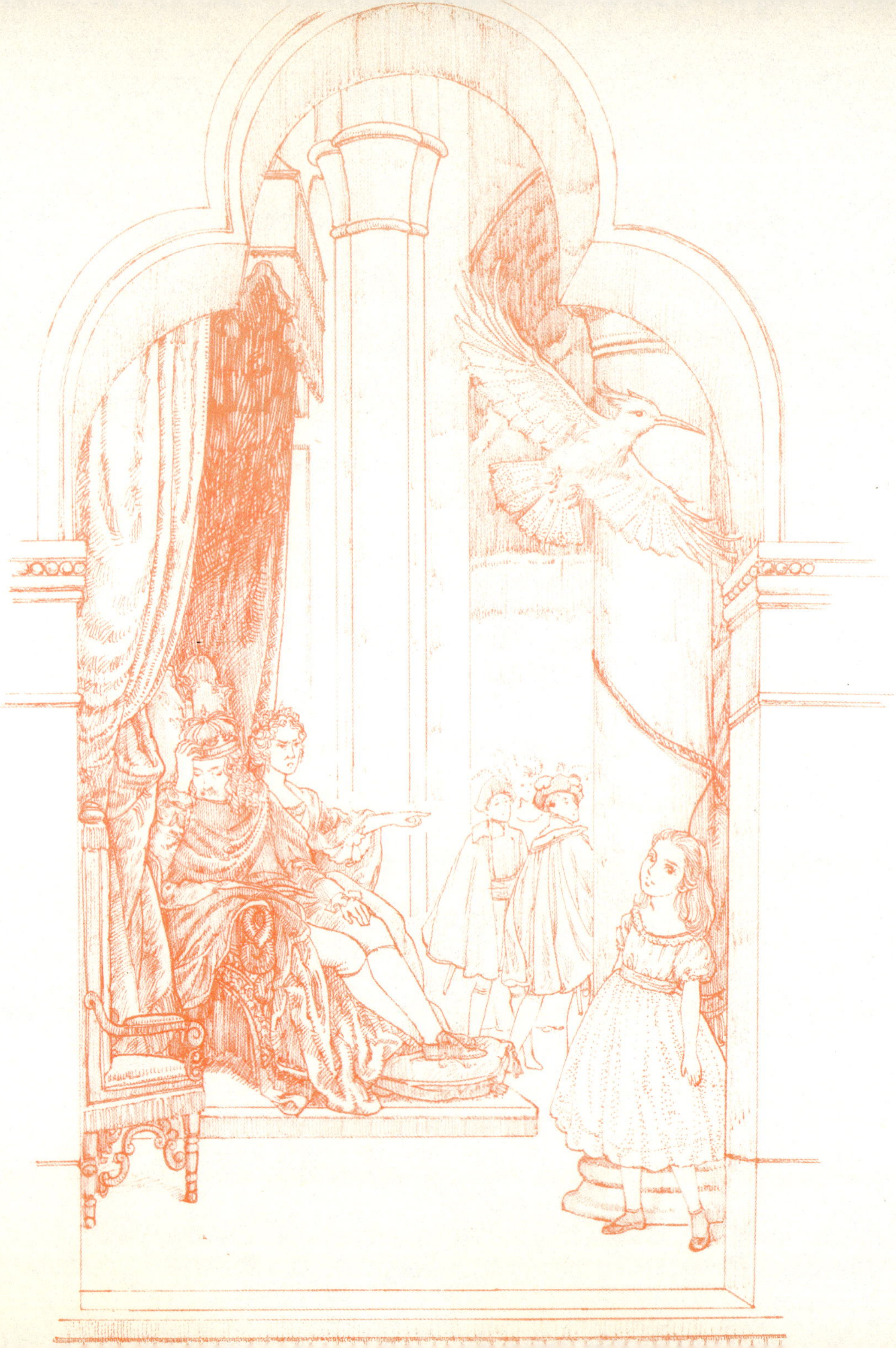

第九章
智慧王子归来

用一些树枝和草皮随便遮掩了一下。除了王后和公主，其他人都记得这一点。王后和公主离小鸟最近，当她们跑到深坑上，树枝和草皮陷下去，她们一头栽进了坑里。可怜的雪花也拼命跑，紧跟在她们后面，幸好国王的第一侍从吉利抓住她的紫色斗篷，把她拉了回来。

所有的人都在找小鸟，可哪儿都找不到它的踪影。他们看到小鸟落下去的那片公共用地上，站着一位英俊高贵的王子，身着紫色长袍，头戴一顶会变色的王冠，王冠有时是金色，有时是森林里树叶的颜色。

大部分朝臣不知道怎么回事，一脸茫然。但是，所有的精灵们还有椅子所讲故事中提到过的贵族贵夫人们都认识他，他们大声叫道："欢迎智慧王子！"

正在睡觉的得富国王听到叫喊声，欣喜若狂，冲出来欢迎他兄弟的归来。随后，国王和王后的侍从们带着绳子和灯笼出来寻找索全王后和念贝公主，发现她们掉在坑底一堆散沙上，十分安全。坑很深，不过有些许阳光照射进来，王后和公主看到沙土中有黄色的颗粒闪闪发光，不知是什么东西，然而她俩坚信那些都是金子。

171

会讲故事的
魔法椅子

　　她们用各种难听的词咒骂矿工，骂他们是撒谎的恶棍、懒惰的无赖，把这么多财富白白扔在那儿。王后和公主坚决不肯从坑里出来，她们还说，既然智慧王子回来了，她们在宫里再也找不到什么乐趣，宁愿留在坑里挖金子，今后用这些金子买下整个世界。得富国王心想，这个主意不错，能让宫里保持平静。于是，他下令将铁铲和铁镐送到坑底。王后的两个侍卫强交和硬手想要分点好处，也到坑底去帮王后和公主。他们就一直留在那儿挖金子。有些朝臣认为他们能挖到，有些认为他们永远也挖不到。反正写这个故事的时候，他们还没找到金子。

　　智慧王子牵着雪花的手，和众人一起回到宫中，边走边给大家讲述他的经历：狡猾的精灵侥妒发现他离开护卫只身进入森林，就把他变成了一只小鸟，关在那把奇怪的椅子坐垫下面，然后把椅子送给容霜夫人。此后，小雪花成为了他全部的慰藉，他还为雪花讲了很多故事。

　　得富国王找到了他的兄弟，大喜过望，下令再举办七天盛宴。在那期间，宫殿的大门向公众敞开，欢迎所有的来客，倾听大家的抱怨。被索全王后抢去的房屋土地都还给了它们的合法拥有者。

第九章
智慧王子归来

每个人都得偿所愿。宫外不再喧闹，宫内也没有了不满。在宴会的第七天，容霜夫人竟然来了，戴着灰头巾，披着灰斗篷。

见到奶奶，雪花喜不自胜——得富国王和智慧王子也很高兴，因为老夫人年轻的时候就认识他们了。于是，盛宴又延长了七天。当宴会结束的时候，王国里的一切又走上了正轨。得富国王和智慧王子再一次联手治理国家。另外，因为雪花是全国最美好善良的人，她被指定为国王的继承人，取代了念贝公主。从那天开始，她穿上了白色的丝绒绸缎，有七位侍从，住在宫殿最华贵的地方。容霜夫人也变成了一位贵夫人。她的椅子换上了一块新的丝绒坐垫。每天，她穿着镶金边的灰色长袍，坐在一间华彩美绘的房间，用象牙纺车纺纱。智慧王子还在容霜夫人老屋旧址上修建了一座豪华的避暑山庄，种满了葡萄藤和玫瑰花。他还在森林中开通了一条大路，以便人们闲暇时进出。而狡猾的精灵侥妒发现那些地方不再受她控制，就出发去环游世界。写这个故事的时候，她还没有回来呢。好孩子，如果你碰巧读到这本书，要知道这是很久很久以前发生的事情。在那以后，世界上发生了很多大规模的战争，再加上人们的工作、学习、活动，改变了整个世界的风俗习惯。现在，

会讲故事的
魔法椅子

　　国王们再也不会为来宾们举办七日盛宴；王后和公主不管有多贪婪，都不会去挖掘金子；椅子也不会讲故事了；井水不再产生奇迹；精灵们也不再跳舞，高山上、森林里都不再发生这样奇妙的事情了。有人说，是学校里的吵闹声赶走了精灵；也有人认为，是工厂的喧闹声吓跑了精灵。已经很多年没人见过他们了。据说，只有丹麦的汉斯·克里斯蒂安·安徒生见过，他笔下的精灵故事非常精彩，一定是精灵们自己告诉他的。

　　可以肯定的是，活着的人中没人知道得富国王的国家后来发生了什么事情，也不知道那些在他宫殿中生活过或拜访过的贵族们怎么样了。然而，仍有人相信，国王还睡在他的王座上，每次晚餐后依旧会陷入低落的情绪中；索全王后和念贝公主找到了金子，开始挥霍；容霜夫人还在纺纱，只是不知身在何处；新年来临的时候，可以看见雪花穿着白色天鹅绒礼服，等待早春的到来；智慧王子不知怎么陷入了更厉害的魔咒，被关进了更厚的椅垫下面，继续给雪花和她的朋友们讲故事。他们期待着什么时候强健再一次一斧头劈开椅垫，解除魔咒——那时，智慧王子又会让一切走上正轨，让世界回到有精灵们的时代。